JN022307

「ほぉ、やはり、神子か」
それは――
ドラゴンと呼ばれる
魔物だった。
双子の姉が神子として
引き取られて、
私は捨てられたけど
多分私が神子である。5

「ぐるぐるぐるっ
（翼、凄い）」
「ぐるるるるるるっ
（わぁ、ふわふわ）」

双子の姉が神子として引き取られて、私は捨てられたけど多分私が神子である。 5

池中織奈

イラスト カット

口絵・本文イラスト

カット

装丁

百足屋ユウコ＋石田 隆（ムシカゴグラフィクス）

目次

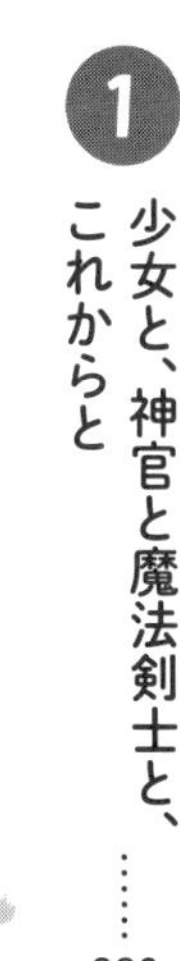

神子（みこ）とは、時折世界に現れる神に愛された者のことを指す。
その者は世界に祝福される。
神子は特別な力を持つが故（ゆえ）に、様々なものを引き寄せる。
神子の力は人々には眩（まぶ）しいものだ。
その眩しさに引き寄せられるのは、何も人だけではない。

1　少女と、神官と魔法剣士と、これからと

「ぐるぐるぐるるるっ（レルンダ、今日は何をするの？）」

「お手伝いするの」

私――レルンダは目を覚まして、村のお手伝いをしようと動き出す。出来ることからやっていこうと決めているからだ。

まだ私は何がしたいかというのが決まっていないから、様々なことをやっているのだ。

ダンドンガは解体の仕事を、リリドはランさんのお手伝いをしていて、他の子たちは戦いを学んでいる。

ランさんの部屋をちらりと覗くと、ランさんはベッドでぐっすり眠っていた。

「ううん……」

寝言を言いながらランさんは夢の世界に旅立っている。

昨日夜更かししていたので寝かせておくことにしよう。

ランさんはこの村のために一生懸命なのだ。そのことを知っているから無理やり起こそうとは思わない。

ランさんを起こさないようにこっそりと家から出る。

「おはよう、レルンダ」

村の皆に挨拶をされ、それに笑顔で返事をする。

私が皆と挨拶をしながら子グリフォンたちを連れて歩いていたら、声をかけられた。

「レルンダ」

「あれ、シェハンさん？」

それは神官であるイルームさんと共にこの村に住むことになった赤髪の魔法剣士——シェハンさんである。

シェハンさんは基本的にイルームさんの傍を離れることはない。

イルームさんがこちらにやってくる時に後ろに控えていることが多いので、シェハンさんが単独で来て私に話しかけるのは珍しいことだった。

だから少しだけ不思議な気分になって、シェハンさんを見てしまう。

「レルンダ、ちょっと聞きたいことがあるんだけど……」

森の魔物を狩ったりすることで村に貢献しているシェハンさんは、女性だけどかっこいいという言葉が似合うような人だ。

とても強くて、真っ直ぐで、いつだって自信に溢れている。

そんな人がただならぬ雰囲気で相談してきたので、何か起こったのではないかと不安になる。ただ嫌な予感は全くしていないので、村全体のことではなく、シェハンさんの問題なのかもしれない。

でもシェハンさんが何かしらの悩みを抱えているにしても、それは私にするべき相談なのだろうか。もっと大人の人に相談するべきではないのか……と思いながらも、シェハンさんを家の中に案内した。

「シェハンがこんな態度なのは珍しいわね」

フレネもそんなことを言いながら私の横を飛んでいる。

シェハンさんに椅子に腰かけてもらい、私は向かいの席に座った。

「それで、どうしたの？」

「……えっとだな」

「……私に言いにくいなら、ランさん起こす？」

「いや、それは必要ない。その、だな……」

これだけ私に話すのを躊躇うこととはなんだろうか。本当にランさんを呼ばなくていいのだろうか。ドキドキしながらシェハンさんをじっと見る。

椅子に腰かけてこちらを見るシェハンさんは、眉を下げていていつもの様子が嘘のようだ。

「……神官というのは、恋人を作ってはいけないものなのか？」

「はい？」

予想もしないことだったので、何を言われたのかすぐに理解が出来なかった。

神官が恋人を作ってはいけないのか――私は正直言って一般的な常識を知っているわけではない。

神官は神に仕える立場ではあるけれど、実際はどうなのだろうか？

そして、そもそもどうしてそんな質問をシェハンさんは私にするのだろうか。

この村にいる神官なんてイルームさんだけで、そもそもイルームさんのことだからこそシェハンさんは私に聞きに来たんだと思うけれど……。

「……私、一般的なことが分からないからなんとも言えない。なんでそれを私に聞くの？」

「えっと……そのだな、イルームはレルンダを信仰している神官だろう？　イルームにそういうのはどうなっているんだと聞いたら『レルンダ様の望むままに』って言っていたんだ」

「へぇー」

基準が私なの？　と驚く。

誰を好きになったとしてもそれはその人の自由で、私はイルームさんが恋をしようが、恋人を作ろうが、イルームさんの自由にしたらいいことだと思うのだけど……。

あとはどうしてこんなことをシェハンさんは聞くのだろうかという疑問ばかりが湧いてくる。

そんな私にフレネが言った。

「レルンダ、シェハンはイルームのことが恋愛的な意味で好きなんじゃない？　多分それで聞きに来たんだと思うけど」

「え」

「ちょ、フレネ様‼」

フレネはシェハンさんの前に姿を現し、聞こえるように言葉を発した。

フレネの声はどこか楽しそうだった。その声を聞いて、シェハンさんが取り乱したように大きな声を出す。

よく見れば、シェハンさんの顔が少し赤い気がする。その赤い顔を見て私はああ、そういうことかと気づいた。

シェハンさんって、恋愛的な意味でイルームさんのことが好きなのか。私は面白くなって、笑みを零してシェハンさんに問いかける。

「シェハンさん、イルームさんのこと、好きなんだね」

「……あ、うぅ……」

シェハンさんは私の言葉に顔を赤くしながらも頷いた。

「あ、あまり広めるなよ‼」

顔を赤くしながら頷くシェハンさんは、可愛かった。

恋をすると、皆こんな風になるのだろうか。私はそういう気持ちはよく分からない。でも誰かを好きになるのっていいことだと思う。

「うん、言いふらさない」

「まぁ、でもシェハンがイルームのことを好きなことぐらい、皆分かっていると思うけど」

「「え」」

フレネの言葉に、私とシェハンさんの声が重なる。

皆分かっていると思うって、そうなの？

驚いてフレネの方を見れば、フレネは楽しそうに笑って言う。

「だってシェハンってイルーム以外の人にそんなに関心がないじゃない？　恋愛感情があるかどうかまでは確信が持てなくても、イルームのことを特別に思っているというのは分かるわよ。シェハンもイルームも年頃の男女だもの。村の若い子たちは、実際どういう関係なのかって噂していたわよ」

フレネの言葉にへぇ、と思う。

シェハンさんとイルームさんが仲良しだなとは思っていたけれど、恋愛感情なんて私は考えてもいなかった。

この村は人数が多くないし、結婚している人も多い。誰かが恋愛して付き合うとかそういう話をあまり聞いたことがなかった。

ああ、でもそれって私たちの暮らしに余裕がなかったからとも言えるのだろうか。

この場所にたどり着いて、村を作って、今ようやく安定してきている。だからこそ、これから皆恋愛話に花を咲かせたりするのだろうか。

そう思うと少しだけわくわくする。

「な、なななななっ」

「シェハンさん、大丈夫？」

シェハンさんはフレネの言葉を聞き、声にならない声をあげた。心配で言葉をかけたけれど、シェハンさんはすぐには応えられないぐらいの衝撃を受けたらしい。

「しばらく放っておきましょう。そのうち復活するわよ」

「そうかな……」

「ええ」

フレネとそんな会話を交わしていれば、しばらくしてシェハンさんが復活した。

「はっ、すまない」

「大丈夫。それで、シェハンさんがイルームさんのこと、好きなのは分かったけれど……」

「ああ。その……あたしは、イルームのことが気になっている。だから出来ればその、恋人になれないかって思うんだが……。あいつはレルンダのことを崇拝していて、こう……なんでもレルンダの意向を基準にしているから」

「ああ……うん、そうだね……」

イルームさんは本当に私に信仰という感情を抱いている。向き合うと決めて、イルームさんと接しているけれど、私のことをどこまでも特別視している様子にはまだ慣れない。

それにしても、なんでも私を基準にせずに自分で考えて決めてもらってもいいのに。今度そう言おうかなぁ……。

イルームさんのことを考えて、そんな感情が芽生える。

私のことを大切にしてくれているのは嬉しいけれど、やっぱり信仰されるのって戸惑ってしまう。

「シェハンさんはイルームさんに告白はしたの？」

「なっ……そんなのまだしているわけないだろっ」

「なら、頑張って。私、応援してる。イルームさんのことだから、私が言えば恋人になりそうだけど、なんかそれって違う気がするし……」

「そうだな。だから、その、もしイルームがレルンダに聞かなきゃとか、レルンダに仕えている身だからとか言ったら、その時だけ口添えしてほしいんだ……」

シェハンさんはそう言って、私の目を真っ直ぐ見た。私はそれに断る理由はないので頷く。というか、むしろ手伝いたいとさえ思う。でもこういうのって手伝ったら迷惑になったりするかな？

誰かの恋のお手伝いとかしたことがない。でも聞いてみるだけ聞いてみようと思って、口を開く。

「私もシェハンさんがイルームさんと恋人になるの、手伝っていい？」

「え」

「もちろん、イルームさんにシェハンさんと付き合ってとかは言わないよ。そういうことを言わないように気をつけるから」

「……そうだな。レルンダが手伝ってくれるなら心強いかもしれない」

「ほんとっ？　じゃあ邪魔にならないように、お手伝いする」

なんだか嬉しい気持ちになって思わず笑みを零してしまう。

シェハンさんの恋のお手伝いを出来るのも嬉しいし、何よりこうして一緒に何かをすることによってシェハンさんともより一層仲良くなれるかなって期待したのだ。

シェハンさんとはあまり距離を縮められていないから、これを機にもっと仲良くなれたら嬉しい。

「んー……レルンダ、誰か来てるんですか」

「あ、ランさん、おはよう」

「ラン、シェハンはね、イルームへの恋の相談に――」

「ちょっ‼　何をばらしているんだ‼」

ランさんにフレネがさらっとシェハンさんの思いをばらして、シェハンさんは顔を真っ赤にするのであった。

◆

イルームさんとシェハンさんを恋人同士にするお手伝いをすると決めたものの、どんな風にお手伝いしていけばいいのか分からない。

ランさんは、「シェハンさんに対する好感度が上がるような会話をイルームさんとするだけでも効果がありますよ」と言っていた。

イルームさんは私のことを信仰しているから、私がシェハンさんと仲良しというのだけでも好感度は上がるだろうって。

そんな簡単なことでいいのだろうかと思うけれど、余計なことをして邪魔をしたら大変だから、少しずつこなさないと。

そうしてお手伝いを始め、前よりもイルームさんとシェハンさんの傍にいるようになった。シェハンさんがイルームさんにずっとついていっているので、自然と二人は常に一緒にいることになる。

イルームさんは、自分の活動の邪魔をしないからシェハンさんがついてくるのを拒否(きょひ)してないようだ。しかし、それだけのように見える。

うーん、私が思っていたよりも一方的にシェハンさんがイルームさんのことを追いかけているような形なのかもしれない。

それに、イルームさんは私に対する信仰の気持ちが強過ぎて他に目が行かないのだろう。そう考えると、研究が楽しいという気持ちが強過ぎて色恋沙汰(いろこいざた)には無関心なランさんと似ているのかもしれない。

「イルームってシェハンのことを意識してなさそうね」

「うーん、そうだね」

今はフレネと一緒にイルームさんとシェハンさんの様子を覗き込んでいる。

村で料理の手伝いをしたり、私のことを布教したりしているイルームさん。そのイルームさんを守るように付き従うシェハンさん。

少し前までグリフォンたちやシーフォもいたのだけど、人の恋路に興味がないのか去って行ってしまった。フレネは面白がっているのか、私と一緒に覗いているけれど。

「もっと恋愛に詳しそうな人に聞いたりしてみた方がいいかもしれないわね。というか、シェハンはイルームと恋人になりたいとか言いながら何も普段と変わってないし」

「……恋人になるのって、何をすればいいんだろうね？」

「さぁ？　精霊の私に人の恋愛事情なんて分からないわよ」

「だよねぇ……」

子どもで恋愛について分からない私と、そもそも精霊でそういう感情が分からないフレネじゃ実際に何をどうすればいいのか見当もつかない。

ランさんもそういうのに興味がないらしいし、誰かに相談した方がいいのだろうか。

ドングさんとかに聞いてみようか。結婚している人に聞いてみたら分かるかもしれない。でもシェハンさんの気持ちを下手に多くの人に伝えるわけにもいかない。シェハンさんは他の人に言わないでほしいって態度だったし。誰に聞こうかな？

悩んだ末、薬師のゼシヒさんのところへ向かった。

薬師であるゼシヒさんの家にたどり着き、早速用件を告げる。

ゼシヒさんの家にはたくさんの薬草が並んでいて、独特の匂いがする。この匂いが苦手な村人もいるけれど、私は結構好きだ。

「あの二人のことねぇ。シェハンさんがイルームさんに意識してもらいたいなら、あの服装をどうにかした方がいいんじゃない？」

「服装？」

シェハンさんは魔法剣士で、鎧を身に纏っていてかっこいいと私は思っている。そういう恰好の女性は村でも珍しい。

服装が何かきっかけになるのだろうか。

「好きになってもらいたいならもっと女の子らしい恰好をして、おしゃれに気を使った方が意識してもらえるものよ」

「そうなの？」

「そうよ。レルンダも好きな人が出来たら教えてね」

ゼシヒさんはにこにこと笑ってそう言った。

「シェハンさんの洋服を作りましょうか。女性らしい服装にして、髪も伸ばしてもらって可愛くしたら、イルームさんだって意識してくれるかもしれないわね。そのあたりは考えなきゃいけないけど……。あと、シェハンさんは今まで恋愛をしてこなかったからなのかもしれないけれど、もう少し自分でなんとかしようと行動すべきね。好きになってもらうための努力をした方がいいわ」

「シェハンさんに似合う服を作るの？　それ、楽しそう。シェハンさん、背が高いから色々似合いそう」

「そうね。作ってプレゼントしてみましょう」

というわけでシェハンさんの服を作ることになった。ゼシヒさんが人手を集めてくれると言っていた。

それにしても可愛い恰好をして、意識させたりしながら、人は誰かと恋人になるのかな。

恋愛って分からないから、色んな人に聞いてみてどんなものか知りたいなとも思った。

その後、シェハンさんに服を作ることなどを話しに行ったら、驚いたような顔をしていた。

そういう恰好をしなきゃいけないのが恥（は）ずかしいのか、少しだけ嫌がっていたけれど、フレネに「おしゃれしないと難しいらしいわよ」って言われて渋々（しぶしぶ）受け入れてくれた。

シェハンさんが可愛い恰好をしたら印象が変わるだろうから、ちょっと見るのが楽しみだ。

洋服作るのを一緒に頑張ろう。

「それにしてもシェハンさんがイルームさんのことを好きなんてっ」

「カユちゃん。しーっだよ。シェハンさんはあまり周りに知られたくないみたいなんだから」

現在私たちがいるのは、村の中にある裁縫場である。その一部を借りてシェハンさんの服を作っている。裁縫場の人たちは、快く貸してくれた。どこから知ったのか、狼の獣人の子どもであるカユとシノミも参加していた。

カユは恋愛話が好きみたいで、その声は弾んでいる。

カユとシノミは村の役割としては、狩りを主に手伝っている。特にカユがメインだ。シノミは料理や裁縫などといった役割もこなしている。

「レルンダは恋とかしてないの？　してたら教えてね。私、全力で応援するわよっ」

「ふふ、カユちゃんはそれより自分のことを考えたら？」

「んー。分かんない」

「シ、シノミ‼」

「カユのこと？　カユは誰かに恋をしてるの？」

私は思わず手を止めてカユの方を見てしまう。

シノミの言い分を聞くに、カユは誰かに恋をしているみたい。友達なのに私は知らなかった。それはショックだけど、カユが恋をしているというのなら応援したいなと思う。

じっとカユを見つめると、カユは言いにくそうな様子で一瞬黙る。

「……えっと、レルンダ、周りに言っちゃ駄目だからね」

「うん。もちろん」

「……リリドよ」

カユは恥ずかしそうに横を向いて、ボソッと言った。

耳や尻尾がぴくぴく動いていて、可愛いなぁと思う。そういう反応を見るとやっぱり少しだけ触りたくなってしまう。駄目だと分かってるから触らないけれど……。

それにしてもリリドのことが好きなのか。全然気づかなかった。

カユとリリドかぁ。いつか二人が結婚したりしたら――と想像を膨らませる。

出会った頃から比べると背が高くなったりという変化はあるけれど、何も変わらないと思っていた。けれど、私たちの関係は少しずつ変化していっているのだなと思う。

こうやって私たちは少しずつ大人になっていくんだという実感が湧いた。でもその変化は怖くない。皆と一緒ならばむしろ楽しみな変化だ。

「カユ、頑張って。私、応援するね」

カユは私の言葉にこくんと頷いた。

それからしばらくゼシヒさんを含む村人たち複数人で服作りに勤しんだ。

その間、モノづくりが好きなリオンとユインは時々見に来ていたけれど、他のグリフォンたちは服には興味がないのかほとんど見には来なかった。一度シーフォも裁縫場を覗きに来たけれど、服を作っていると知ってすぐにその場から去ってしまった。

魔物である皆からしてみれば、服を着ないから興味がないのも仕方がないと思う。でもグリフォンたちに服を着せてみたら似合うかもしれない。服を作ったら着てくれるだろうか。

「シェハンさんは本当にイルームさんを追いかけてばかりね！　でも追いかけている理由が恋心(こいごころ)からって思うと楽しいわ」

「そうだね。上手(うま)くいってくれたらいいね」

カユとシノミが言うように、私もシェハンさんの恋が上手くいったらいいなと思っている。

シェハンさんはイルームさんのことを一生懸命追いかけている。イルームさんがいるところについていって、ただイルームさんの傍にいる。

イルームさんもシェハンさんのことを嫌(きら)ってはいないのは分かるのだけど。

恋愛感情っていうのは人がどうのこうの言って、どうにかなるものではないんだって。だから好きだったとしても相手が返してくれるかどうかは分からないものらしい。

なので、シェハンさんの恋がどうなるかは誰にも分からない。上手くいってくれたらいいのだけど。

「どんな服にしようか？」

「可愛い服！　染料(せんりょう)はたくさんあるから、綺麗(きれい)な色に染めたいわね」

村の中では染料も出来ている。というのも女性陣(じん)がおしゃれにこだわり始めたからである。

「レルンダちゃんはどんな色がいい？」

「んー、シェハンさんに似合うなら赤色とか？　あと女の子らしいならピンクかな」

「ピンクがいいわ！　ピンクって恋の色って感じだもの」

皆でシェハンさんの恋が叶いますように、という思いを込めて服を作り上げた。

とても可愛く出来たので、皆誇らしげである。

そしてシェハンさんに出来たばかりの洋服を持っていった。

「シェハンさん、これ」

シェハンさんは私から受け取った服を見て、狼狽していた。

「こ、こんな女らしい服をあたしが着るのか？」

「うん」

「着なさいよ。着た方が女性として意識されるわよ？」

笑顔で私が頷き、フレネも着るようにはっきりと言う。

シェハンさんに渡した服は、白いシャツにピンク色のスカートだ。森の中にある糸や皮で作ったものだ。靴も準備した。

「……こ、これをあたしが」

「いいから着なさい」

シェハンさんはぶつぶつつぶやいていたが、フレネにばっさりと言われて、着替えに向かった。

どんな風になるんだろうかとわくわくして待っていたらシェハンさんが戻ってきた。

「わぁ……」

いつも鎧を身に纏っているから、こういう恰好をしていると雰囲気が全く違った。

緊張したような面持ちで、顔を赤くしながらおずおずと現れた姿は女性らしいと思う。ちょっと可愛い。

ただ髪とかももう少しちゃんとしたらもっと可愛くなると思った。

なのでカユとシノミを呼んできた。二人は着替えた姿を見て、きゃーと声をあげて楽しそうにしながらここからどんな風に可愛くしていくかと話し合いをしている。

楽しそうだ。

「シェハンさん、この髪型にするわよ！　もっと髪が長ければ色んな髪型が出来るのだけど。でも短くても可愛く出来るはずよ」

「お、おう」

「シェハンさん、髪飾りもつけましょうね。つけたら可愛くなりますよ」

「お、おう」

カユとシノミの勢いにシェハンさんは押されていた。二人ともやる気満々だとぼーっと見ていたら、「レルンダもおいで」と言われたので、シェハンさんをもっと可愛くするのに私も混ざった。

その後、私とカユとシノミはドキドキしながら、覗き見をしている。

何をかって、それはもちろん着飾ったシェハンさんを見守るためである。イルームさんと待ち合わせをしているのだ。

子グリフォンであるルマとルミハも一緒に見守っている。

やっぱりグリフォンでも女の子だと恋というものに興味があるのかもしれない。シェハンさんたちに気づかれないように「ぐるっ」と鳴き声をあげるのを我慢しているようだ。可愛い。

この場にはシーフォもいる。シーフォは恋愛には興味はないみたいだけど、私たちのことが気になるようだ。

「ひひひひーん（これ、見ていて楽しい？）」

「シーフォ、しーってしなさい！」

小さな声で鳴き声をあげたシーフォに、カユはなんと言っているか分からないだろうに小さな声で注意する。シーフォは素直に口を閉じる。

その様子に私は小さく笑ってしまう。言葉が通じなくても仲良しだなと嬉しくなるのだ。

静かになったところで、シェハンさんへ視線を向ける。

シェハンさんはスカートをはき慣れていないのか、ぎこちない様子だ。

そんなシェハンさんは注目を浴びている。小さな村だから、誰かが違うことを行うとすぐに注目を浴びてしまうのだ。

精霊たちも含めて、なんだなんだと集まっている。皆が視線を向けているので、シェハンさんが

恥ずかしがるのも当然かもしれない。私もこんなに注目されたらちょっとびっくりしちゃうもの。

イルームさんは精霊が見えるので、こんなに精霊が集まっているのを見たら驚くかもしれない。

カユとシノミはシェハンさんのことを「似合ってる」「やっぱり恋をしている女の子は可愛いね」と話し合っている。確かにイルームさんが来るのを待っているシェハンさんは可愛い。

好きな人が出来るとこんな風に可愛くなるのだろうか。私もいつかそんな気持ちになるだろうか。でも今はそういう恋愛よりも、一緒に覗いている子グリフォンたちが可愛いという気持ちの方が強い。そう思う私はまだ子どもなのかなって思う。

「あ」

イルームさんがやってきた。イルームさんはシェハンさんのことを見るよりも……周りを飛んでいる精霊たちに驚いていた。そこは精霊よりもシェハンさんを見ようよ、と私でも思ってしまった。

「えっと、イルーム」

「はい。シェハンさん。精霊様がこんなに集まっているのはどうなされたんですか？　それにその恰好は……」

「精霊がいるのか？　あたしには見えないから……。えっと、これはだな、その、あたしに似合うか？」

「え、はい。そうですね。似合っているのではないでしょうか。いつもとは違った印象です」

「そ、そうか」

イルームさんとシェハンさんの会話が聞こえてくる。

「イルームさんは駄目ね。あれじゃあデリカシーがないわよ。似合っているというのはいいけれど、女の子はちゃんと可愛いって褒めてほしいものなのよ。精霊は私には見えないけど、いくら見えているからといってそっちの方に目がいって褒めないなんてっ」

「カユちゃん、静かに。聞こえちゃうよ？　イルームさんはレルンダちゃんと精霊様のことを第一に考えている人だから仕方ないよ」

「どうなるかなぁ……」

「ぐるぐるるる（デリカシーって何？）」

「ぐるぐる（分かんない）」

こそこそと話しながら覗き見する。私たち以外にもこそっと覗いている人たちもいる。子グリフォンたちは色々と分かっていないのか不思議そうな顔をしている。

「え、シェハンさんが私のことを？」

私たちが覗いていたら、精霊のうちの何体かがシェハンさんの気持ちをさらっとイルームさんにばらしていた。精霊たちじゃ人の感情が分からないのかもしれない。何があったか察したシェハンさんは、途端に慌て出した。

「あああ、えっとそのだな。イルーム‼　あたしはイルームのことを好いている。男女の意味でだ。だから、その、あたしと、恋人になれ」

……精霊にばらされてしまったからか、シェハンさんがやけになったように声をあげた。いきなり告白しちゃうんだと、ちょっと驚いた。

カユがきゃーきゃーと声をあげそうになっているのをシノミが慌てて口を塞(ふさ)いでいる。

イルームさんはなんて返すのだろう。それにしても可愛い恰好をして意識させるという計画だったからこんな風にいきなり告白することになるとは思わなかった。私はハラハラしながら二人を見守る。

「私をですか？　私は神とレルンダ様に仕える身ですからそのようなことは考えておりません」

「ちょっと待ちなさい、イルームさん‼　それはないでしょう。女の子が一生懸命告白しているんだからもっと考えなさいよ‼　好きか嫌いか、付き合ってもいいと思っているのかいないのか‼」

気づいたらカユが飛び出していた。

自分も恋をしている身として、イルームさんの答えが納得(なっとく)いかなかったようだ。確かに、好きって言ってるのだからちゃんと答えてほしいよね、きっと。

そんな気持ちで私はイルームさんを見る。

「カ、カユさん？　なんですか。私はレルンダ様のためにこの身を捧(ささ)げると決めたのです。私の全ては神に捧げるものです。女性と付き合うなどというのは、神に仕える身としては正しく――」

「レルンダ！　別にレルンダはイルームさんが誰かと付き合ったりしても問題ないのよね？」

「う、うん。私は全然。神に仕えている身だろうとも、誰かと付き合ったりするのは自由だもん」

急に叫ばれてびっくりしながら答えた。イルームさんは私の姿を見て慌てて崇めようとしてきたけど止めた。

こうやって二人のことに介入するつもりはなかったのだけど、覗き見がばれてしまったなら仕方ないので、私もカユの隣に並ぶ。

「あのね、イルームさん。神に仕えているとか、私に身を捧げるとかそういうのは気にしないで、全て頭からなくして考えてほしいの」

私が言えることはそれだけだ。

「……分かりました。レルンダ様がそうおっしゃるのでしたら……。シェハンさん」

「あ、ああ」

「私は今までそういうことを考えたことがなかったので、少しお時間をいただいてもよろしいでしょうか」

「ああ‼」

結局カユや私が割り込んでしまったけれど、なんとか収まった。

これからこの二人がどうなるか分からないけれど、進歩したってことでいいのかな。これからも見守っていこうと思う。

すぐには変わらないかもしれないけれど、二人の関係が二人にとって納得いくものに変わっていけばいいなって思ったんだ。

幕間　王子と、反乱／王女と、対応

「ヒックド様、どうなさいますか？」

「この場所がばれないようにしないと――」

俺は、今、奴隷たちと共にいる。いや、もう彼らは奴隷ではない。隷属の首輪は、俺を主として取り外しを行った。

そこでようやく反乱軍の者たちは俺のことを仲間として認めてくれた。いくら共に動いていた獣人たちが口をはさんだとしても、俺はこのミッガ王国の王族なのだ。彼らを奴隷に落とす行動をしていた人間なのだから、警戒されても仕方ない。

この反乱軍に獣人だけじゃなくて人間も混ざっているのは、ここに合流して初めて知った。

俺は反乱軍に参加しているのは、獣人だけだと思っていた。でも俺と同じように獣人を下に見ていない人間が反乱軍にはいるのだ。

基本的にこの国では人間以外の種族を下に見ているため、そういう人間は少ない。俺がこの国を変えたいのなら、その当たり前の考え方から変えていかなければならないだろう。

獣人を含む奴隷たちは、奴隷としての立場から解放されたのだから、このまま国外に逃げる選択肢もあった。俺はそのことも提案した。だけど、この国の意識改革をしたいという俺の言葉に、彼らは賛同してついてきてくれた。

仮にこのまま国外に逃げても、ミッガ王国がもっと遠くの地域まで占領出来るような力を手に入れたとしたら、逃げた先でもまた奴隷に落とされてしまう。それをなくすためにも、根本的なところを解決しなければならない。

ただ、急に奴隷の廃止を目指すのは現実的ではないという意見ももらった。俺はまだ一四歳で、先が見えていないのだと自覚して反省した。元々あった制度をなくすことは難しいのだ。

なので、奴隷制度は徐々になくすのを目標にし、借金などの問題で奴隷に落ちるというのは仕方がないと割り切ることにする。ただしなんの非もない者たちが奴隷にならないようにしよう。

そして奴隷たちには今よりもいい環境を整えてあげたい。

異種族の奴隷たちは、無理やり村を襲われて奴隷に落とされる。それに対し普通の人間の奴隷は借金などの理由から奴隷に落とされることが多い。とはいえ、そういう理由ではなく父上の命令によって無理やり奴隷に落とされることもある。

……俺がそれをどうにか出来る立場になれるのならば、変えていきたい。その立場を手に入れなければならない。

――そのためには、覚悟も行動力も必要なのだ。

悩みながらでもいい。また、なるべく平和的に解決したいと思っている。――そう思うが、行動次第では取り返しのつかないことになる可能性がある。

村を襲撃されたり、無理やり奴隷の立場に落とされて、家族を引き離されたりした立場の連中からしてみれば、そんな平和的な解決を望んでいない者もいるのだ。反乱軍、という名のこの集団は決して一つにまとまっているわけではない。

俺のことを認めてくれる者は多いが、俺に反抗的な気持ちを抱いている者も少しは存在している。なんて難しい立場に飛び込んでしまったのだろうと時々考えてしまうけれど――、これが自分の意思で考えて、行動した結果なのだ。後悔はしていない。まずは反乱軍をまとめなくては。

邪魔者を全て殺して国を乗っ取ってしまおうと考えている過激派もいるが、出来うる限り平和的に済ませようという者が大半なので、そのことには安堵している。なんとか過激派を抑えて、平和的な方へ持っていきたい。

穏健派からは、なるべく人を殺すことなく、人質を取ったりしながら国へ要望を通していくか、なども意見が出ている。しかし人質をどうするかという問題もある。

俺自身がもっと人質という立場に相応しい王族だったらよかったかもしれないが、第七王子なんて弱い立場の俺を人質にしたところで、父上は俺を切り捨てるだけだ。

むしろ、人質交渉に応じると言いながら、そのまま殲滅されそうな気もする。父上はそんなに甘くはない。

例えば、国にとって大事な立場の者を人質に取って交渉するにしても、それはそれで上手くいくか定かではない。どんなに重要な立場の者でも、切り捨てる可能性がある。

結局犠牲が出ることになってしまうけれど、一番効果があるのは王の首を取って、俺が王になること――だとは思うのだが、それだけの戦力は現状ない。そもそも父上を討ち取ったとしても兄上たちがいる。

そのため話し合いは停滞していた。

万が一、本当に国の意識改革が無理ならば、一度ミッガ王国の外に出て我々の体制を整えようということになっている。無理やり意識改革を推し進めて多くの犠牲を出してしまうよりも、慎重に考えた方がいい。

憎しみにとらわれている連中は喜んで強引な道を選ぶかもしれないが、それ以外の者たちはちゃんとそのことを理解している。

まずは無理やり奴隷に落とされた者たちを少しずつ解放すること。また、ここに残って戦うことを選ばなかった者たちを神子の元へ送り届けようという動きも、反乱軍のリーダーとは話している。

ただ、神子の元へ送り出すという選択が正しいのかは分からない。

けれども、動くしかない。

そう考えて俺は、こうして反乱軍の一員としてここにいる。

◆

私の名前は、ニーナエフ・フェアリー。フェアリートロフ王国の王女である。

アリスが神子として王国に引き取られ、フェアリートロフ王国では内乱が起こった。その内乱はなんとかおさまった。けれど、ミッガ王国では反乱軍が形成されている。

私の婚約者であるヒックド・ミッガ様は行方不明になっている。ヒックド様が生きているか私には分からない。けれど、私は生きていると信じている。

もしかしたらヒックド様が本当に父王と敵対する道を選んでいるのかも分からない。

私のただの推測でしかない。だけど、ヒックド様が生きているのならば、反乱を起こす側にいるだろうと思っている。

それに隣国であるミッガ王国が混乱し新しい形で生まれ変わることは、このフェアリートロフ王国にとっても悪い話ではない。だからジュラードお兄様の許可を得て、秘密裏にミッガ王国に介入することにした。

……この選択肢を私が選ぶことが出来たのは、アリスのおかげだ。

神子として引き取られ、我儘三昧だったアリス。

自分が神子ではないと知り、特別じゃないと自覚し、前を向いているアリス。

アリスは私が思っているよりも変わり、成長していた。

――……私は、そもそもニーナエフ様に助けてもらえなかったら、とっくに死んでいるんだから。あの内乱が起こるまで私は自分のことしか考えていなかった。私は散々、周りに迷惑をかけ続けていた。ニーナエフ様がいなかったらきっと私はその時に命を落としていたと思います。でもニーナエフ様が私を助けてくれた。だから、私の命はここにある。私は迷惑かけた分、皆に返したいって思ってる。でもそれは……誰よりも私を助けてくれたニーナエフ様に返したい。ニーナエフ様のお願いを、何よりも私は聞きたいんです。――だから、私は、ニーナエフ様の行動で大変な目に遭っても、構いません。

アリスからそんな言葉を聞くことが出来るなんて思ってもみなかった。

でもその言葉に後押しされて、私はもっと自分の思うように動こうと決めた。ジュラードお兄様は許可を出す時に言った。

『もし失敗した場合……、どうしようもない時は切り捨てるから』と。

――それは王として正しい判断だ。

私は切り捨てられるために行動するわけではない。破滅だけを未来に抱いて、動くわけではない。

ミッガ王国への介入は、前向きな望みを持って挑むことなのだ。

私はもう一度、生きてヒックド様に会いたい。

そんな思いがあるから、ひそかに動くことにした。

フェアリートロフ王国の王族の介入であると周りに悟られないように、ミッガ王国の混乱を長引かせよう。

ヴェネ商会の者たちも私に協力をしてくれるようだ。

ミッガ王国内で起きた反乱により、国は荒れ、死者も出ている。そんな反乱を長引かせようとする私は悪い人間と言えるのかもしれない。

ミッガ王国の混乱を長引かせることで、フェアリートロフ王国へ利益を。なんていうのは結局建前でしかないのだと理解している。でもその建前があるからこそ、ヒックド様のために動ける。

一番の目的はヒックド様と会い、ヒックド様の真意をきちんと問いただすことだろうか。

あくまで現状、私が考えていることは推測の域を出ないのだ。私が勝手に動くことで、ヒックド様の意図しないことを行ってしまう可能性も十分にあり得る。

なので、まずはヒックド様の居場所を突き止めなければならない。

そんなわけで混乱を長引かせることを少しずつ行ってもらいながらも、一番人員を割いているのはヒックド様の捜索である。

ただフェアリートロフ王国からの介入を悟られればややこしいことになってしまうので、最低限の人数でだ。もっと多くの人員を動かせればいいのだが……。

そうすることでミッガ王国の王たちにヒックド様の居場所を知られてしまったら大変なことになる。

ただの行方不明や誘拐ならなんとかなるかもしれないが、今回はヒックド様が自分から望んで王と敵対する道を選んでいる可能性が高いのだ。

ヒックド様の真意を王に悟られること、フェアリートロフ王国の介入を悟られること。それだけは、あってはならない。

……もっと、私に力があればいいのに。

そんな風に、自分の無力さを実感してもどかしい気持ちになってしまう。

ヒックド様が無事なのか、生きているのか。

それさえも分からないからこそ、私は少しの焦りを胸に抱いてしまう。

けれど焦ってもどうしようもない。焦りと油断は禁物だ。私の行動でヒックド様の頑張りが無駄になってしまうのだけは避けたい。

――どうか、無事で。

――どうか、また元気な姿を私に見せてほしい。

自らミッガ王国に足を運んで、ヒックド様を捜すことなど出来ない。だから私はただ指示を出して、ヒックド様の無事を祈っていた。

――そんな中で、ヒックド様のことを噂に聞いたと配下の者が知らせてきた。

嬉(うれ)しかったが、それはヒックド様の居場所を漏(も)らすような人物が、ヒックド様の傍(そば)にいるかもしれないということだ。

ヒックド様の周りは、私が思っているよりも一枚岩ではないらしい。そのことを知って早くヒックド様の無事を確認(かくにん)して、どうにか力になりたいと思った。

ヒックド様は、私に切り捨ててほしいと言ったけれど。

私は貴方(あなた)の無事を祈っている。

私は貴方を切り捨てるつもりなどない。

――共に背負わせてもらう道を自分の手で選んだ。

私がそういう行動を起こしていると知ったらヒックド様は拒絶(きょぜつ)するかもしれない。関わらなくていいと言うかもしれない。でも、私は無関係でいる方が嫌(いや)なのだ。

だから、無理にでも関わらせてもらう。

2　少女と、これから

「ぐるぐるぐる～♪」

「ぐるぐる～♪」

「ぐるるるる～♪」

「ぐっぐるるる～♪」

子グリフォンたちが、私の目の前で歌っている。レマ、ルマ、ルミハ、ユインは歌を歌うことが好きだ。私もよく一緒に歌っている。こうして皆で歌を歌うのはとても楽しい。

四頭が並んで歌を歌う真正面に、私は座っている。先ほどまで私も混ざって歌っていたのだけど、少し疲れたから休憩中だ。

ちらほらと精霊たちの姿も見られる。一緒に踊ったりしているけれど、子グリフォンたちには精霊の姿が見えないみたいだから私が時折何もいないところを見ているように見えるみたいで不思議そうな顔をしている。

歌を歌うと、いつも精霊たちは近くに来る。なんだか、以前よりにぎやかになって嬉しいなぁと心が温かくなる。

「精霊様が喜んでおるな。どれ、我も歌を歌おうか」

「シレーバさん、おはよう」

のんびりしていたら、シレーバさんがいつの間にか近くに来ていた。精霊樹と精霊の復活により、エルフの人たちは以前よりも明るくなった。

いや、これが本来の彼らなのかもしれない。自分たちが神と崇めている精霊たちが復活していないのに、明るくなれなかったのだろう。

エルフたちがいい方向に向かっていることが嬉しい。

シレーバさんが子グリフォンたちと共に歌えば、シレーバさんの肩にいた精霊も一緒に踊り出す。彼はシレーバさんが契約している精霊だ。他の精霊たちも混ざって、嬉しそうに飛び跳ねている。

子グリフォンたちは精霊の姿は一切見えていないが、シレーバさんが混ざってくれただけでも嬉しいらしくまた声を響かせていた。

私も一緒に加わって、歌った。

そうして気づいたら、その様子を見て加わりたくなった人たちが来て、最初は数人しかいなかったのに十人ほどになっていた。正直、とても楽しかった。

しばらくしてそれが終わって、私は満足して、家に戻ろうと踵を返した。

だけど、シレーバさんに呼び止められた。

「ああ、そうだ。レルンダ。少し気にかけてほしいんだが――」

シレーバさんに言われたことに私は驚（おどろ）いた。

ニルシさんや猫（ねこ）の獣人（じゅうじん）の人たちがどこか様子がおかしいということだった。

「様子がおかしい？」

「ああ」

「……私、気づいてなかった」

いつからだろう？

精霊たちが復活したことが嬉しくて、エルフも精霊たちも嬉しそうにしていることが嬉しくて――ニルシさんたちのことに気づいていなかった。その事実にショックだった。

「精霊様が復活してからのようだが」

「そうなの？」

「ああ」


私はシレーバさんの言葉を聞いてから、ニルシさんや猫の獣人の人たちの様子を注意深く見ることにした。

フレネにニルシさんたちの様子を覗（のぞ）いてもらったり、自分でニルシさんたちに話しかけたり。

そうして私もシレーバさんが言っていた意味を理解した。確かに、どこか心ここにあらずといった様子のように見えた。

特にニルシさんは、誰もいない場所に行くと思い詰めたような表情をしていたとフレネからも報告を受けている。

ニルシさんたちは、何を考えてそんな表情を浮かべているのだろうか。

「フレネ、ニルシさんたち、どうしたの？」

私は家の中でフレネに話しかける。

「私は精霊だもの。人の考えることは分からないわ。気になるのならば、直接聞いた方がいいんじゃないかしら」

フレネはそんな風に言う。

ニルシさんたちは、どうしたのだろうか。私にその憂いを晴らすことは出来るだろうか。

またロマさんの時と同じことにならないように、ニルシさんたちの気持ちを知りたい。

「でもああいう顔をしているならば、放っておいたら駄目だとは思うわ。なんだか、思い詰めている感じがするもの」

「……うん」

「ただレルンダがそこまで心配する必要はないかもしれないわ。だって、レルンダ以外にも皆がニルシたちの様子がおかしいと気にしているみたいだから。だからレルンダ一人で解決しようと思わなくていいんじゃない？」

フレネに言われて、私はひとまずランさんの元へと向かった。

ランさんは少し前に私に関する絵本を作った。私がシーフォと出会うまでのことが描かれている絵本だ。ランさんはその絵本の量産に力を入れている。

その他には、もっと色んな本を作ること、そして教育現場を整えることもしていきたいと言っていた。

今はこの村にあまり子どもがいないけど、近いうちに獣人の繁殖期が来るらしい。だから、もう少しこの場所を整えていく必要があると言っていた。

そんな風に忙しそうなランさんだけど、相談したいことがあると言ったら嫌な顔一つせずに話を聞いてくれた。

「どうしたのですか、レルンダ」

「……あのね、ニルシさんたちの様子がおかしいの、気づいている？」

「ああ、そうですね。そのことなら私も気にしていたのです。元気がないというか、何か考え込んでいますよね。私が何か言っても、言い返してもこないのでらしくないなぁとは思っていたのですが……」

ニルシさんは否定する気もするけど、ランさんとニルシさんは結構仲良しだ。二人でこの村のことに対する意見を言い合っていたり、出会ってすぐに言い合いをしていたのもあって遠慮がない。

ランさんは少しだけ考えるような素振りをする。

「では……明日にでもニルシさんのところに聞きに行ってみましょうか」

「うん」

そうして、私たちは翌日にニルシさんの元へ話を聞きに行くことにしたのだった。


「ニルシさん、何か悩み事がありますか？」

翌日になって、私はランさんと共にニルシさんの元へ向かった。ランさんはもう少し遠回しに聞くのかと思っていたら、いきなり問いかけていた。

ニルシさんはベンチに腰かけて、何かを考えるように空を見上げていたので、その横にランさんと私も座る。

「……なんだよ、いきなり」

ニルシさんは、ぶっきらぼうに口を開く。

「貴方の様子がおかしいからですよ。皆、気にかけているんですよ」

「……ニルシさん、悩み事があるなら、私も何か手伝う」

「……はぁ」

ランさんの言葉に続いて口を開けば、ため息を吐かれてしまった。

お節介だっただろうか。迷惑だっただろうか。そんな不安が頭の中をぐるぐるする。

「……そんな顔をするな。別にレルンダにため息を吐いているわけじゃねぇよ」

「では、なぜ、そのような顔をしているのですか？」

「ランは……なんで、そんなグイグイ来てんだよ……」

「なんでって、それは気になるからというのと、心配だからですよ」

にこっと笑いながらランさんが言った言葉に、ニルシさんが照れながらそっぽを向いた。心配されていることが恥ずかしかったのだろうか。

「ニルシさん、私たちはこの村で共に過ごしている仲間ですよ？　そんな仲間が悩みを抱えていれば、心配するのも当然でしょう？」

「ランさんの言う通り……。私、ニルシさんの力になりたい」

ランさんと私がそう言って、じーっとニルシさんの顔を見つめれば、ニルシさんは観念したように「……分かったよ」と言って口を開いた。

「……この村は大分、落ち着いてきただろ」

「ええ。そうですね」

「……最初はどうなるかと思ったけれど、エルフの連中やランたちの協力で村として整ってきた。新しい人も増えてきたし、この前は精霊も復活したし」

「うん。いいこと」

「ああ。レルンダの言う通り、いいことだ。……ただ、ようやく落ち着いて、この新しい生活が整ってきたからこそ考えてしまうんだよ」

ニルシさんは苦しそうな表情で、言葉を途切らせる。そして、言った。

「――人間に捕まった、仲間はどうなっているかって」

ニルシさんの村は人間に襲われた。そしてなんとかニルシさんたちは逃げのびた。そして、アトスさんが亡くなった。私たちは、ミッガ王国の者が再度襲いかかってくる危険があるからと逃亡した。

「逃亡して、ここで落ち着いて俺は暮らしている。けど、俺がこうして平穏に暮らしている間も、あいつらはきっと大変な目に遭っている。今まで、逃亡してエルフと出会って魔物退治をしたり、新しい土地に着いて村を整えたり――そうしている間も頭にはずっと残っていたけど、最近、村が落ち着いてきたからますますあいつらのことを考えてしまうんだよ」

私の会ったことのない、猫の獣人の人たち。今は、捕らえられて、奴隷となってしまった人たち。大事な人たちが、例えば、ガイアスとランさんが自由を奪われて、そんな目に遭ったら――、考えただけでなんて恐ろしいんだろう。なんて悲しいことだろうと思う。

私は、ニルシさんの言葉になんと返したらいいのか分からなかった。

国という、巨大な存在に捕らわれたまま、ニルシさんの仲間は奴隷となっている。

正直、奴隷という立場が私には理解出来ない。どうして言葉が通じて、分かり合える可能性があるのにそんな風に奴隷というものを作ってしまうのかって、その存在があることが悲しく思える。

簡単に、「取り戻そうよ」と言えなかった。初めて会った時は何も考えずにそれを口にしてしまっていたけれど、それは難しいことだと、十歳の私は理解していた。

「……俺だって、国相手に戦う力がないことは分かってる。いくら、今村が軌道に乗ってきているからって、助けに行きたいと言い出すのは得策ではないと分かってる。むしろ、村がなんとか上手くいき出している今だからこそ、村が発展するように努めて、それ以外に労力を割かない方がいい。――でも、頭では分かっていても、やっぱり助けに行きたいって思ってしまう」

助けたい、と口にして、ニルシさんは拳を握っている。

私はやっぱり、そんなニルシさんになんと声をかけたらいいか、言葉がとっさに出てこなかった。ニルシさんの力になりたい、とそう思って問いかけたのは私なのに。どう言ったら最善なのだろうか。それが分からなかった。

「分かりました」

私がおろおろしている内に、ランさんが口を開いた。ランさんは、私みたいに動揺なんてしていなかった。ランさんは静かな口調で、いつも通りの様子で続ける。

「猫の獣人たちを助けたいのですね。奴隷を自由にするとなると、穏便に済ませるのならば金銭で買い取るでしょうか。実力行使をするならば、無理やり解放するという手もありますが」

「ラ、ラン?」

「何を驚いた顔をしているのですか? 私はニルシさんが助けたいと言ったから考えているのですよ。助けるためにどうしたらいいのか」

「……怒らないのか?」

「怒るってどうしてですか？」

「……せっかく、新しい場所で上手くいっていて、今から大事な時だと思うのにこんなことを言い出したからだよ。無理だって言われると思っていた」

「無理かどうかは、考えて決めることです。試行錯誤して、やるだけやって無理だったなら仕方がないかもしれませんが、やらないうちに無理とは私は言いませんよ。それに出会った時から貴方は言っていたでしょう。助けられるなら助けたいと。ならば、仲間としてその後押しはしますよ。あの時は私たちは逃げることしか出来なかった。私たちは逃亡し、新しい場所を求めることを選んだ。でも、今は状況が違うでしょう」

私もニルシさんも、ランさんの言葉を黙って聞いている。

「仲間が増えました。新しい場所もこうしてなんとか軌道に乗ってきています。確かに、これからこの村がどうなっていくのか、それも重要です。でも仲間が苦しんでいるなら、その苦しみを減らすために試行錯誤することは出来ます。本当に助けに行けるかは皆で話し合ってからの決定になるので、助けには行かない選択を私たちは選ぶかもしれません。でも――、助けるために何が出来るか話し合って、少しでも行動を起こすことはきっと出来ます。だから、貴方の願いを無理だなんて一蹴などしません。貴方は私たちに言ったら反対されるだろうとか、そういうことを考えて中々相談出来なかったのかもしれませんが、もっと仲間を頼ってもいいのですよ。私たちはこうして共に村で生きている仲間なのですから」

ランさんが、真っ直ぐな瞳で、真っ直ぐな言葉で告げる。すると、ニルシさんは唖然とした表情をしたあと、涙を流した。

「ニ、ニルシさん!?」

思わず驚いて声をあげてしまった私に、ランさんは口元に指をあててしーっという仕草をする。ランさんは、静かに泣き出したニルシさんの頭を撫でた。私もランさんの真似をしてニルシさんの頭を撫でる。

しばらくして、涙が止まったニルシさんは「……ありがとな」と言って恥ずかしそうに視線をそらすのだった。

ニルシさんは、抱えていた悩みを口にすることですっきりとした表情になっていた。私一人ではニルシさんをこんな表情にさせることは出来なかっただろう。ランさんが一緒に来てくれたからこそニルシさんがすっきり出来たのだと思うと、ランさんの凄さをやはり実感してならなかった。

ニルシさんの仲間を助けに行けるのかは分からないけれど、出来たら助けに行きたいって私も思う。奴隷っていう制度は話には聞いたことがあるが、正直その制度が嫌いだなと思う。誰が上で誰が下とか、そういうことを決めるのが嫌だと思うのだ。

この村ではそういう制度を定めることなく突き進んでいきたいというのは、私だけじゃなくて皆の願いでもある。

◆

「ではこれから、この村のこれからの未来についての会議を始めます」

口火を切ったのは、ランさんだ。

ニルシさんが猫の獣人の人たちを助けたいと口にしたことも含めて、村に住んでいる皆や民族の者たちの一部も集めて会議をしようということになった。

「まず、この村の目標の一つでもあった精霊樹の復活を叶えることが出来ました。エルフの悲願でもあったことが叶ったのはいいことです。また、この村は一年ほどの年月を経て、上手くいっていると言えるでしょう」

会議を仕切っているのはランさんとドングさんとシレーバさんだ。ランさんは自分で作製した紙に会議で話し合うべきことをまとめてきたようだった。

この村が出来て一年近く。

ランさんが言っているように、上手くいっている。民族の人たちが増えたり、翼を持つ人たちの接触があったりもしているけれど、この村は周りの手助けを借りずに自給自足が出来ている。

村の外の人々と関わらない生活が出来るように、整っている。この穏やかな場所で朽ちるまで過ごすことが出来るほどに。

「生産も良好で、少しずつ発展しています。しかし、私たちの一番の目標である『皆が安心して、皆が笑い合える場所を作る』ということが叶っているかどうか。現状は叶っていると言えるかもしれません。しかし、それは周りの勢力との接触がないからこその平和です。何かきっかけがあれば、私たちの平穏は壊(こわ)される恐れが十分にあります」

ランさんは続ける。

私たちの最大の目標である、『皆が安心して、皆が笑い合える場所を作る』というのには、まだ足りないと。私たちの今の平穏は、すぐに壊されてしまう恐れがあるのだと。

「そのため、私たちはこのままではいけません。今の生活は確かに平穏で、続けられるのならばこのまま続けていきたいとさえ思います。しかし、何も変革を進めずにいれば、最終的にこの場所が見つかった瞬間(しゅんかん)に国という巨大な組織に呑(の)み込(こ)まれてしまうでしょう。私はそのことを、ニルシさんの話を聞いてから余計に考えるようになりました」

ランさんはそう告げて、ちらりとニルシさんたち――この場にいる猫の獣人の人たちの方を見る。

私たちもニルシさんたちの方に視線を移した。

「元々、ニルシさんたちが私たちに合流したのは、ミッガ王国が猫の獣人の村を襲ったためでした。私と同じ人間である彼らは、獣人に人権を認めていません。だから襲って無理やり奴隷にしました。そこからなんとか逃げ出し合流が出来たニルシさんたちは、今こうしてここで生きています。でも、捕まっている人たちは平穏とは程遠(ほどとお)い暮らしをしているでしょう。ニルシさんは彼らを助けに行きたいと希望しました。そのことについて、皆の意見を求めます」

ランさんは私たちを見渡して言い切った。

まず、手を挙げたのはドングさんだった。

「俺は出来れば彼らを助けに行きたい。顔見知りである彼らを捨て置きたくない」

ニルシさんの村と、ドングさんの村は昔から交流があった。見知った人たちが奴隷に落とされてしまっている状況は、ドングさんにとっても辛いことだろう。

次に手を挙げたのはエルフのウェタニさんだ。

「私は救援には反対するわ。出来れば助けてあげたいと思うけれど、国を相手に助けに行くのは危険だわ。上手くいかない可能性の方が断然高い。むしろ、助けに行った者たちが捕まってしまう可能性の方が高いでしょう。私は助けに行った人たちが捕まるのは悲しいから反対だわ」

ウェタニさんの言うことも私は納得が出来る。国というのは、私たちが住んでいる村よりもずっと多くの人たちが住んでいる。数だけで言えば、まず勝てない。

ニルシさんが最初に出会った時に、助けるのは無理だ、助けたくても助けられないと嘆いていたように、国に捕まって奴隷になっている彼らを助けに行くことはそれだけ難しい。ニルシさんのあの時の言葉を覚えているからこそ、私は助けに行こうとは簡単に口に出来なかった。

次に手を挙げたのは民族のヨンさんだった。フィトちゃんがヨン爺と呼んでいる高齢の男性だ。

「奴隷になってしまっている者がいるというのならば、助けに行きたいと思うのは当然でしょう。

私たちの仲間も何人かは捕まってしまっていると思われます。なので、心では私は助けたいと思います。ただし、ウェタニ殿の言うこともっともで、助けに行くのは危険です。穏便に済ませるのならば、それなりに金銭を用意して奴隷として捕らえられている彼らを買い取り、この村に連れて帰るのが良いのではないでしょうか。武力行使をしても勝ち目はありません」

ニルシさんたちと同じくミッガ王国に追われた民族の人たちも奴隷に落ちている可能性があるようだ。

「そうですね。それぞれの意見ももっともだと思います。武力行使するには数が足りませんし、手荒な手段に出たことで我々が目立つと、この村の場所がばれて危険に晒される可能性もあります。ただでさえ、人間の国の中では獣人やエルフは目立ちますからね。一番いいのはヨンさんの言うように正当なルートで奴隷を買い取ることでしょうか」

ランさんは何人かの意見を聞いたあとに、そう言った。そして続けた。

「正当なルートで買い取るために金銭を手にするか、物々交換で奴隷を買い取るか。とにかく奴隷となった者たちを取り戻すために、金銭なり価値のある物なりを用意することにしましょう」

ランさんは周りを見渡して、そう言い切ってから次の議題に移る。

「次に、これからのためにもっと力をつける必要があります。これは村の武力的な面の話になります。もし何か村の外からの干渉で問題が起こった時に話し合いで正面衝突することなく進められるのが一番でしょうが、それは難しいと言わざるを得ません。実力行使をしなければならないこともあるでしょう。戦う術を何も持っていなければ、殺されてしまって終わりです。私は戦う術を学んできませんでしたが、これからは私でも戦える術を身につけていこうと思っています」

ランさんは魔法を使うことも出来ない。獣人のような身体能力もない。エルフのように精霊が見えるわけでもない。——だけど、ランさんは自分も戦う術をもっと身につけていくと言った。

「誰かに守ってもらうことを期待するのではなく、自分の身を自分で守れるようにすること。それが私たちのように少人数だからこそ目指さなければならない形なのではないかと思っています。また、もしどこかの勢力に村が襲われたら——という可能性をもっと考えて、シミュレートしておくことも大切でしょう。これについてはドングさんやシレーバさんが主導で進めてもらおうと思っています」

ランさんの説明に、ドングさんとシレーバさんは頷いている。

このままではいけないと考えたからこその言葉。それは私たちが国という大きな団体ではなく、村という限られた人数しかいないからこそ必要なことだ。

「あとはもう少しきっちり役割を決めていくべきだと考えています。今はそれぞれ生活に必要な分の畑を耕したり、狩りをしたりと役割を決めずに皆で行っています。今後は役割をきちんと配分してやってもらう形に移行していければと思います。いずれ、この村でもそれを仕事にして、報酬を金銭で与える形にしていくべきだと考えています。私たちの村が目指すところは、国であると私は望むからです」

目指すところは、国だと、ランさんは言った。

大きな大きな夢。――その夢は、ガイアスと私の誓(ちか)いから来ているんだと思うと、不思議な気持ちにもなる。

「最初の話に戻りますが、巨大な組織に呑み込まれないように、私はこの村には変革が必要だと思っています。まずは、村の体制を整えたら、外部とも少しずつ関わりを持った方がいいでしょう。今までは村を守るために関わりを避(さ)けてきましたが、いずれ国を目指すなら、外部との交流は避けられないからです。仕事や物流など、危険の少ないところから、少しずつ交流を広げていければと思います」

村という形から、国という形へ。

今後は外からの刺激(しげき)や影響(えいきょう)を受けることになる。それは村にとっていい影響を与えるかもしれないし、悪い状況を引き起こすかもしれない。もしかしたら私たち全員を奴隷に落とそうとする人たちも現れるかもしれない。ここに村があるのだと悟(さと)られればそれだけ危険が舞(ま)い込(こ)んでくる。

それでもあえてランさんは外と接触するべきだと言った。

その意見を口にして、そうするべきだと行動しようとするランさんはやっぱり凄い人だと思う。

平和な日々が続いてほしいと思ってしまう私と違って、未来を見ている。そうやって前を見据(みす)えて、先のことを考えて意見を口にするランさんだからこそ、私はランさんのことが大好きで、尊敬するんだ。

ランさんの言葉に皆がそれぞれ意見を言い合う。

私は、ランさんの意見に賛成する。正直、どうなるか分からないという恐怖はあるけれども、それでも本当の意味で私たちが安心出来る場所を作るためには、このままではいけないのだということも分かるから。

危険なことだってもちろんあるかもしれないけれど、それでも私はガイアスとあの日誓ったから。

ガイアスをちらりと見る。ガイアスは真剣な目でランさんを見ていた。あの日、二人で話して、誓った記憶。それは私の頭に鮮明に残っている。

ガイアスが、もうこんなことが起こらないようにしたいと、大切な人が危険な目に遭わないようにしたいと言った。

皆が笑い合える、安心できる場所を作りたいんだと、あの日、言った。

そのガイアスが口にした願いが、皆の願いとなって、こうして、少しずつそれを叶えるために私たちは行動を起こしている。

変わることを恐れていては、きっとその願いは叶わない。

このまま閉鎖された村のままでは、あの日誓った私たちの願いは達成されない。

「私も、ランさんの意見に賛成する。誰も、危険な目に遭わないように頑張りたい、って思うから」

ずっと口を閉じていた私も、そんな風に皆に言った。

ランさんの提案に心配や不安を口にする人たちももちろんいたけれど、ランさんの意見が通ることになった。このままの状態でいるよりも、そうやって行動を起こした方が最終的な目標が叶うということを皆理解していたから。最後まで反対していた人もいたけれどもそれは仕方がないことだ。全員の意見が一致するというのはまず難しいことだから。

ここにいる人たちは、皆が居場所を奪われてきた。

獣人たちは故郷を追われ、永住地を求めた。

エルフたちは魔物の被害により大切な精霊樹が消滅しかけ、復活の場所を求めた。

民族の人たちはミッガ王国に襲われ、逃げ、ここにたどり着いた。

居場所を奪われてきたからこそ、平穏なこの場所がもう二度と奪われることがないようにしたいと皆が望んでいる。

もちろん、不安そうな顔をしている人だっていないわけではない。

村から国を目指すにあたって、様々な変化がここには訪れるだろうから。

「もちろん、急に体制を変えていくつもりはありません。ただ、この場所をいずれ国へと成長させていくのは私たちにとって必要なことです。この場所にはレルンダがいます。そして精霊樹があります」

ランさんはそう言って、私の方を見る。

「欲深い存在がこの村を見つけた時、真っ先に私たちから奪おうとするのはレルンダと精霊樹です。

神子であるレルンダは、喉から手が出るほど欲しい存在です。また精霊樹はこの村の中でも一際目立つ特別な木です。もし、この村を知ったら真っ先に手を伸ばそうとするでしょう。全てを手に入れようと考えるような敵も現れるかもしれません。その可能性を考えれば、私たちは決してこのままでいいとは言えません。いくら力をつけたとしても足りないぐらいに私たちは弱者であると言えます。数の暴力に負けて、私たちはバラバラになり、逃げ惑わなければならなくなるかもしれません。そうならないためにも、力が必要です。必要なのは敵を害するためではなく、私たち自身を守るための力です。まずは自分を守れる力を手にして、周りを守る力に繋げていくことですね」

はっきりと言い切ったランさんは、やっぱりかっこいいと思えてならない。

私は神子という存在だから、周りに狙われてしまう可能性が高い。私が誰かに捕まったりしたら、皆が大変な状況に陥ってしまうかもしれない。――私は皆を守るための力が欲しいとずっと願っているけれど、自分自身も守れなければ意味はない。

「まず、国として成長させるにあたってどういったことが必要だと思いますか？」

その後、そんなランさんの問いかけに、皆が真剣に答えていくのだった。

幕間　商人と、賭け／翼を持つ者たちと、その神

「では、行きましょうか」

僕は、ヴェネ商会のサッダ。

ヴェネ商会のトップという位置にいる。とはいえ、父親から継いだばかりというのもあって僕の統率能力は父さんほどではないが。

ミッガ王国の王子が奴隷の獣人たちを助ける動きをしていたため、僕たちはそれに協力することにした。はじめはその王子――ヒックド・ミッガが何を考えているのかと訝しがっていたのだが、調べてみると徐々にその思考が分かってきた。

あの王子は、獣人のことを本気で助けたいと何かのきっかけで思うようになったそうだ。

――そのきっかけが、ランドーノ・ストッファー……ランが追いかけていた神子の少女だと知った時、僕はいい機会だと思った。だから接触をし、王子が逃がそうとしている獣人たちと共に神子の元へと向かうことを決意した。

周りに散々止められたけれど、僕はどうしても神子という少女の元に行きたかった。それは僕が……ランに会いたかったからである。

ランが神子かもしれない少女を追いかけて一人で森に入っていったと聞いているので、神子の元へ行けば消息がつかめるかもしれないと思った。

「ランドーノ様が生きているとは限りませんよ？」

「分かっているよ。それでも僕はランに会いたいんだ」

正直、ランが生きている確率は低いだろう。そもそも神子かもしれない少女が生きているかどうかも分からない。

だけれども、獣人たちは神子の元に行くことを選択した。もしかしたら自分が死ぬかもしれないという思いがあったとしても。

僕も……自分が死んでしまうかもしれないとしても、ランにもう一度会いたいと思った。だから、追いかけることにした。

「行きましょう」

「会長、準備は万端です」

ヴェネ商会から神子の元へ向かうのは、僕だけではない。部下と王子の騎士たちも付き従う。

ミッガ王国にも、フェアリートロフ王国にも悟られないように秘密裏に行動を起こす準備は大変だったが、森の中に入ることが出来た。

ヴェネ商会のことは、僕がいない間は信頼出来る者に任せている。万が一、僕が戻らなかった時のことまで考えて準備を終えるのに三年がかかった。二つの王国の中で上手く動くための準備が整ったからこそ、ようやくランのことを追いかけられるのだ。

僕より二歳年上で、今はもう二十三歳になっているはずのラン。生きていたらどんな風に過ごしているだろうか。

国が手を出していない広大な森。

そこにはたくさんの魔物が存在しており、また危険な植物も自生していたりする。自然というものは脅威である。人の手が加えられていない自然の中では何が起こるか分からないのだから。

正直、僕は考えることは好きだが、身体を動かすのは苦手だ。ランのことがなければ森に足を踏み入れることはなかっただろう。

体力もそこまでない僕は、神子のいる場所を目指す者たちの中でも足手まといと言えるかもしれない。僕が商会の者ではなく、彼らに対して物資などの支援をしていたという実績がなければとっくに見捨てられていそうな気もする。そうでなくても獣人たちが僕を見捨てる可能性は十分にある。

しかし、僕はそういう危険があったとしてもランのことを追いかけたいのだ。

ランに会いたいと思うのは……友人だからというのもあるけれども、好意を抱いているからだ。

ランはそのことに一切気づいていないだろうし、もし今神子の傍にいるのならば僕のことなんて思い出しもしていないかもしれない。だってランは、自分の研究対象が目の前にあればそれしか目に入らないような人だから。

……それにしても神子は森の中にいるのだろうか、それとも想像も出来ないような地の果てにいるのだろうか。その神子の隣にランはいるのだろうか。ランは三年経ってどんな風に過ごしているだろうか。ランは僕のことを覚えているのだろうか。

会える保証もないのに、会えたら──とそんな願望ばかりを僕は考えている。

もし会えたら何を言おう。そんなことを、余裕のある時はずっと考えてしまっていた。ただ、やはり森の中というのもあって危険がないわけではなく、魔物に襲われることもあった。

怪我をしてしまう者もいて、やはりこの森は危険だと実感する。この危険な道中の果てでランに本当に出会えるかは分からない。だけど、会えるという可能性を信じて僕は足を進めた。

「はぁ……」

息を吐いて、僕は地面に座り込む。

森の中へと足を踏み入れてから、僕は気が休まらない日々を過ごしている。森の中には、魔物がいる。そして持ち運んできた食べ物も減っていく。森の中で食べ物を調達しているけれど、それでも物資が心もとなくなってきた。

現状神子の居場所やランの手がかりは全然ない。

道中では、僕らと共に森に入った獣人が一人亡くなった。誰も亡くならずに神子の元にたどり着く甘い未来を考えていたけど、現実というのは厳しい。

僕たちはもしかしたら神子の元にたどり着けないまま全員死ぬかもしれない。そんな不安も湧いた。

僕のような気持ちになっている獣人も多い。

しかし途中でもぬけの殻になっている建物を見つけた。もう誰も住んでいなかったけれど、人が住んでいた痕跡のある木の上にある家。

僕はそれに希望を抱いた。

ここに住んでいた人々がどこに向かったのかは分からないけれども、その先に誰かがいるのだという希望を持つことが出来た。

「サッダ様、大丈夫ですか？」

僕はこの中で一番、体力がない。獣人たちや、鍛えられた騎士たちとではそれはもう雲泥の差だ。一緒に来ている商会の者たちだって僕より体力がある。そのことを実感して情けない気持ちになる。

足も痛い。

食事は王国にいた頃よりも、断然貧しいものを食べている。

魔物への恐怖で寝つけない。

僕の心は徐々に疲弊していった。

どちらに行けば、ランに会えるだろうか。どうしたらランの顔を見ることが出来るだろうか。そればかりを僕は考えている。

疲れ切った心で、ランのことばかりを考えている。

三年間も会っていない友人。僕の好きな相手。神子を追いかけると決めて、さっさと飛び立ってしまった。生きていることを信じている。生きて、また会えることを信じている。信じなければやっていけない。

「……ああ、大丈夫です。それより、他の者たちは大丈夫ですか？」

「今のところは大丈夫です。ただ、この状況がいつまでも続けば、内輪から崩壊していく恐れもあります」

「……分かっている」

今のところ、なんとか前に進めているが、それでも、限界は近づいている。

この先——どうなるだろうか。それは分からない。

未来を予知することなど、僕には出来ない。僕に出来ることは、内輪でのもめ事を少しでも減らすこと。そして神子への手がかりを手探りでも、運でもいいから見つけること。僕たちはその神子の元へたどり着く以外には、状況が好転することはありえないのだ。

それが分かるからこそ、僕は神子の元へ急がなければならない。

これは一種の賭けである。

進む先に、神子が存在しているのならば僕の勝ちだ。そうなれば、僕はこの先、どうにでも出来る。

ヴェネ商会としても、神子の元へたどり着ければ上手くいくだろう。

そう考えると、本当に僕たちの命運は神子にかかっている。神子に会えるか会えないか。それが全てだ。神子に会えれば、僕は勝者となれる。でも会えなければ敗者として恐らく命を失う。

「神子に……絶対に会いましょう。そうしなければ、僕たちは死ぬだけなのだから」

疲弊した心は、もう諦めてしまった方が楽なのではないかという囁きを発している。けれども、僕は先に進みたい。神子に会うという希望を持って進む。諦めたらそこで終わりで、ランにも会えない。僕はランに会わずに死にたくはないから。

だから、言葉を口にして、絶対に神子に会うと決意する。


神子の元へ向かうことを決めた僕たちは、ただ、足を進め続ける。

また、二人ほど命を落とした。

僕についてきた商人の一人を死なせてしまった。希望を抱いて、将来を夢見て僕についてくることを決めた若い商人だ。もう一人の死亡者は獣人だった。

僕たちは最初よりも、会話が少なくなっている。

それも仕方がないことだろう。僕たちは神子の元へ行く、という目標を抱いてこうして危険な森の中に踏み出した。明日こそは会えるのではないか、とそんな淡い希望を胸に進んでいる。けれども、現状は神子という存在に会える手がかりすら見つけられない。

……本当に神子に会うことが出来るのだろうか。本当にこの選択が正しかったのか。希望を抱いたまま、最終的に全員死んでしまうのではないか。

客観的に見れば、死者が三人というのは幸運なことと言えるのだと思う。ここに来るまでに全員死んでしまう可能性だって十分あったのだから。それを考えると、そこまで悪い進行状況ではない。そう他の者たちにも告げている。

僕の心も、悪い方向に傾き出していることは確かである。

このまま死ぬのではないか。このまま上手くいかないのではないか。こうしてここまで来たことは無駄だったのではないか。引き返した方がいいのではないか。気を抜くと、そんな思いが僕の心の大部分を占めるようになっている。

ランに会いたい。ただその思いだけでこんな場所まで来たけれど、ランに会うことが出来ないのではないか。そうも思う。けれど僕は何がなんでもランに会うんだ。

僕はランに会うために、獣人たちは神子に会うために。

そんな気持ちで前へ前へと後ろを振り向くことなく僕らは足を進めていった。

そうやって足を進めている中で、何か不思議なものが見えた。

それは半透明で、きちんとした形が見えなかった。それに加えて他の者には見えなかったらしい。最初は僕が疲れているから幻覚でも見てしまったのかと思った。もしかしたら限界なのかもしれないと絶望さえも浮かんだ。

けど、足を進めれば進めるほど、その幻覚は僕の瞳にはっきり映り始めた。

少しずつ移りゆくその存在を実感して僕は逆の考えに至った。

もしかしたらこの不思議な光景は――神子という存在が近づいてきたという証ではないか。例えば、これが幻覚なんかじゃなかったとして――半透明の不思議な存在が本当に目の前にいるとして。

そんな不思議なものを生み出せる存在と言えば、神子ではないか。もしくは神子ではなかったとしても、今の絶望ばかりの現状を打破出来る存在がいるのではないか。

僕は、そんな希望を抱いた。

もしかしたら本当に幻覚で、僕が抱いている希望はただの勘違いかもしれない。けれど何も希望を抱かないよりも、少しでも希望を抱いた方が絶対にいいのだ。僕はそんな思いに駆られた。

だからこそ、足を進める。

どんどん、不思議な存在が姿を現している。彼らの向かった方向を目指して、僕は率先して足を進めた。彼らが、僕のことを神子の元へ連れて行ってくれればと期待して。これは賭けだ。向かった先に神子がいればいいが、魔物の巣など絶望が待っている可能性もある。

……もしこの先で絶望しか待っていなければ、僕の命を懸けてでも僕についてきてくれている彼らを逃がそう。

そんな思いも掠めながら足を進めていけば――――僕が、ずっと聞きたかった声が聞こえた。

「サッダ!? どうして、貴方がここに!?」

視線をそちらに向ければ、僕がずっと追い求めていたランドーノ・ストッファーがそこにいた。

そしてランの傍にいた猫の獣人たちがこちらに駆け出してきて、僕についてきた猫の獣人たちと抱き合っている姿を見た。

それを見て、僕は、ああ、賭けに勝ったんだ。あの半透明の存在を希望として追いかけてきて正解だったんだ。きっとランについていけば、神子にも出会えると思った。

そのことを実感すると同時に、僕は安堵から気を抜いてしまった。そして、気づいたら意識を失っていた。

◆

地上よりも高い、その場所。

そこは、レルンダが『翼を持つ者たち』と呼ぶ人たちの住まう場所だ。

レルンダのことを目に留めた時、彼らは放っておけないと感じていた。どこか心がざわつき、放っておくわけにはいかないと、心の奥底で感じてしまう。

――それは、彼らにとってはおかしな感情だった。

なぜなら、空を自由自在に舞う彼らにとって、空を舞えない者というのは見下すべき存在だったから。その気持ちは、レルンダの元へ姿を現すようになった今でも変わらない。

あくまで彼らがレルンダの村に姿を現すのは、彼女の存在が気になるからに他ならない。言ってしまえば彼らは、レルンダ以外の存在はどうでもいいとさえ思っている。

翼を持つ者たちと、獣人やエルフたち。それは同じく人と分類されるものであるが、翼を持つ者たちからすれば違うのだ。同じ存在としてなど見ていない。

――レルンダがいるからこそ、彼らはその村に関わり、敵対しようともしていない。もしいなければ関わることなどなかっただろう。

「あの少女はやはり、色々普通とは違う」

「人間なのに空を飛んでいる。グリフォンたちと仲良くしている。あの村でも特別視されているように見えた」

彼らは話し合う。

時々村に顔を出す彼らは、村の者たちに信頼などされていない。敵になるかもしれない存在ということで、レルンダが神子という呼称を持つことさえも知らされていない。もっとも彼らからしてみれば、少女の呼称がなんだろうと関係がないとも言える。彼らはただ、レルンダのことが気になるという事実があるからこそ様子を見に行っているだけなのだから。

「やはり、普通ではない。しかし、どうして俺たちがこれほどあの少女を気にするのか、いまいち分からない」

「……言葉に出来ないものね。なんだかただ放っておけない気がしてムズムズするけれど、それがなぜかって本当に分からないもの」

「分からない、というのはどうにも不愉快な気持ちになるな。どうしてこんなに気持ちになるかはっきりすればいいんだが……」

少女を放っておけない。

そんな感情に捕らわれている。だけれども自身の感情のはずなのに、なぜ、こんなに気になるのか分からない。

翼を持つ者たちは、理由が分からないことになんとも言えない気持ちになっていた。

地上より遥か高みに存在する集落で、彼らはレルンダに出会ってからというもの、その存在についての話し合いをよく行っている。

彼らがそんな話し合いをしている中で、その場にやってくる者がいた。

それは彼らと同じような翼を持つ者の一人である。

その人物は慌てた様子でその場にやってくると、「神が、我らに会ってくださる」と声を発したのだ。

翼を持つ者たちにとっての神。

彼らにとってみれば、何よりも優先しなければならない至高の存在。

その存在からの言伝に、彼らの顔色は一様に変わった。

先ほどまで話題に上っていた少女のことは頭からすっかり消え去っている。

彼らにとってみれば、少しだけ心がざわつく少女よりも至高の存在である神の方が大切だった。
すぐさま支度をすると、彼らの神の元へと向かうのだった。

神は、その巨体を動かす。翼を持つ者たちに言伝をしたのは、興味深いものを崖下で発見したからだ。

長い時を生きていた翼を持つ者たちの神は、時たま現れるその存在のことを知っていた。
――神と崇められるその生物は、力を持つ。そして知能を持つ。長く生きてきたからこそ、人の身で知らないことも、分からないことも知っていた。
知識として知っているからこそ、興味深いその存在がなんなのか知っていた。

「――神子か」

彼らの神は、そんなつぶやきをその巨大な口から発するのだった。

3 少女と、ミッガ王国からやってきた人々

暖かい日差しを感じて、私は目を覚ました。

ベッドから身体（からだ）を起こして、ぐーっと伸（の）びをする。窓を開ければ、風を感じられた。

顔を洗ってから、外に出る。

「レルンダ、朝から何をするの？」

「フレネ、魔法（まほう）の練習をするの」

まずは、魔法の練習を開始する。身体（しんたい）強化の魔法を使って、軽く運動をするのだ。身体強化の魔法も前よりもずっと上手に使えるようになってきていた。

今のところ、この村は壊滅（かいめつ）の危機などというものに陥（おちい）っていない。でも、誰（だれ）かがここを見つけて襲（おそ）いかかってくる可能性は十分あるのだと、会議での話を聞いて改めて思った。だからこそ、私はもっと強くならなければならない。

なるべく、大事な人たちを失わずに済むように。

会議が終わったあと、ランさん、ドングさん、シレーバさんたちは大人を集めて、これからのことの話し合いをしていた。

私に出来ることは何があるだろうか。神子であるだろう私が出来ることは——。

この村のためにももっと出来ることを私は増やしていきたい。

私は皆から、たくさんのものを受け取っている。私は皆と一緒だからこそ、こんなにも幸せを感じられている。なので、皆にもっとたくさんのものを返していきたい。

私が神子だから降りかかるものも多分ある。だからこそ、人一倍、この村の皆のために動きたい。

「ひひひひーん（レルンダ、おはよう）」

「ぐるぐる（レルンダ、早いな）」

「ぐるぐるっぐる（おはよう、レルンダ）」

「ぐるっ（おはよう）」

「シーフォ、レイマー、リオン、ユイン、おはよう」

身体強化の魔法を使って、身体を動かしていたらスカイホースのシーフォ、グリフォンのレイマー、リオン、ユインがやってきた。他のグリフォンたちは、村の周りを見回ったり、まだ寝ていたりするようだ。

「ぐるぐるぐるるう（ランドーノはまだ寝ているの？）」

「うん。ランさんは夜遅くまで何か書いていたみたいだから」

会議が終わってからランさんは、何かを一心にまとめている。この村をどんな風にしていくかというのを改めて真剣に考えてくれているのだと思う。

それにしても、この場所を国へと変えていきたいとランさんは言っていた。私は、村という場所しか知らない。

もっと大勢の人たちが住まうような街とか、都とか、そういうのは話に聞いたぐらいでしか知らない。いつか国へと発展させた時、私の役割ってどんなものになるのだろうか。

何を仕事にして、どのように私はやっていくのだろうか。正直上手く想像が出来ない。

例えば、国になったとしたらもっとたくさんの人がここで暮らすことになるのだろうか。人数が増えたら増えた分だけ、全然関わりのない人も増えていくのかもしれない。やっぱりあまり、具体的には想像が出来ない。変化していくのは、怖い。でも、そういう光景を見てみたいとも思う。

「レルンダ、シーフォ、レイマー、リオン、ユイン、おはようございます」

「ランさん、おはよう」

「ひひひひーん（おはよう）」

「「ぐるぐる（おはよう）」」

早速私はランさんに思ったことを言ってみることにした。

「ランさん、私もっと出来ることを増やしていきたい」

「ふふ、それは素敵ですわ」

「もっと出来ることを増やして皆のことを守れるようになりたいの」

「……レルンダ、貴方は特別な力を持っていますがそれは危険ですよ？」

「分かってる。でも、私は自分にそういう力があるからこそ守りたいの」

「そうですか……。では、皆に相談しながら決めましょうか。危険なことはしてほしくありませんが、レルンダがそう望むなら」

ランさんは私の決意が固いのを見て、そんな風に言ってくれた。

そうしていると、フレネが私の元までやってきた。その後ろには他の精霊たちもいる。なんだか慌てた様子だ。どうしたのだろうかと不思議に思っていると、フレネが声をあげた。

「レルンダ！　この村に人が近づいてきてるわ」

フレネの言葉のあとに、精霊たちも教えてくれる。人間や獣人たちだという。結構な人数がいるそうだ。

なんの目的で近づいてきているのだろうかという不安がよぎる。

この村に対して何かやらかそうとしているのではないかとか、そういう気持ちも芽生えた。でも、次に伝えられた知らせに私は慌てた。

「もう疲弊しきっているわ。ボロボロの状態だからこちらを攻めようとかではないと思う。それに多分、敵じゃないわ」

疲れ切っていて、いつ死んでもおかしくない人もいるらしい。それなら攻撃してくる気力もないかもしれない。それに、私が望まなければ彼らがこの村を見つけることは出来ないと思う。

大丈夫だと思うけれど、一応油断しないように気をつけながら、皆に声をかけて彼らを見に行くことにした。

フレネが報告してくれた人たちがどういう人たちなのかは分からない。でも疲れ切っていて、いつ死んでもおかしくないというのに見捨てることは出来ないと思った。それに、今のところ、嫌な感じはしていない。私は私の直感を信じている。

ランさん、ニルシさん、ガイアス、ゼシヒさんといった十人ほどの面々と彼らの元へ向かう。グリフォンのレイマーとルルマーも一緒だ。

フレネを含む精霊たちに案内をしてもらい、移動した。

人間と一緒にいたのは、なんと猫の獣人である。人間の中には、騎士のような恰好をしている人もいた。だから危険かもしれないと思ったのだが、こちらを攻撃する意思は見られない。むしろその人たちの足取りは重く、見つけた瞬間、助けなきゃと思った。でも私が動く前にランさんが声をあげた。

「サッダ⁉　どうして、貴方がここに⁉」

ランさんは私が飛び出すよりも先に、口をひらいて一人の人間の元へと駆けていった。その人はまだ若い男性だった。

ランさんの知り合いなのだろうか、とそれに驚く暇もなく、今度はニルシさんたち猫の獣人が駆け出した。そしてやってきた猫の獣人たちと再会を喜んでいる。

……もしかして、この猫の獣人の人たちって、奴隷として捕らえられていた仲間なのかと驚いて

しまった。驚いて固まっている私の前で、ランさんが〝サッダ〟と呼んだ男性が安心したように意識を失ったのが分かる。私は慌ててそちらに駆け寄った。ガイアスも一緒にだ。

「サッダ⁉　大丈夫ですか⁉」

「ランさん、私、治すよ」

私はそう口にして、倒(たお)れたサッダさんの手を握(にぎ)った。近くに寄れば、この人が傷だらけなのが分かった。身体も細くて、歩き続けたからだろうか足もパンパンだった。

私は魔力(まりょく)を集めて、神聖魔法を使った。神聖魔法は練習が中々出来なくて、以前と比べてそんなに上達したわけではない。

けれども身体から確かに魔力が抜(ぬ)けて、サッダさんの顔色が少しだけよくなったので、上手く出来たのだとほっとした。

エシタさんを治した時のことがあるからか、ガイアスは私のことを心配するように見ているけれど、そのあたりはきちんと考えてやっている。無茶をして倒れたりはなるべくしないようにしたいから。

◆

それから彼ら全員を村へと受け入れた。動けないほどの人はこちらで運んだ。

こうして外から来た人を村にすぐ案内してしまうことは、ある意味軽率な行動と言えるかもしれない。それでも、やってきたのはランさんの知り合いだったり、ニルシさんの仲間だったりするわけで、そんな人を見捨てるなんて私たちには出来なかった。

でも、どちらにも該当しなさそうな騎士の鎧を着た人はなんなんだろう？　なんだか、見たことがあるような気がするけれどどういう人たちなのか分からない。

彼らはかなり長い道のりを歩いてきたようなので、話を聞く前に休んでもらうことになった。ただ念のため、何人かで見張りをしてという条件はついたが、ゆっくり休めることに彼らはほっとした様子だった。

「ランさん、サッダさんっていうのは？」

「……私の友人ですわ。ヴェネ商会というフェアリートロフ王国でも有名な商会の跡取り息子で、間違ってもこんな森の中にまで来てはいけないのですが」

「そうなんだ……」

「……ええ。だからとても驚いております。どうしてサッダがこんなところに、ニルシさんの村の人たちも連れてきているのか。それに一緒に来たあの騎士たちは、恐らくミッガ王国の騎士ですわ」

「……え？」

「気づいていなかったのですか？　どうしてミッガ王国の騎士と共にサッダや獣人たちがやってく

ることになったかは分かりません。……何か事情があるのでしょうが」

一緒にいた騎士たちは、ミッガ王国の騎士だろうとランさんは言った。

ミッガ王国はニルシさんの村を襲って奴隷にした。そしてアトスさんのことを殺した。ガイアスのことも殺そうとしていた。

そっか。どこかで見たことがある気がしたのは、ガイアスに手を出させないように必死になった時に見かけた騎士と同じ鎧だからか。

――確かに彼らの身につけているものは記憶の中にあるものと一致している。

ニルシさんたちを苦しめて、アトスさんに死をもたらした原因。そして皆で逃げなければならなくなった原因の国。その人たちがどうして、あれだけ疲弊しながらここまでやってきたのだろうか。

ミッガ王国のことは、酷い国だと思っていた。だけど、捕らえられていたはずの猫の獣人たちをここまで連れてきてくれた。

頭がこんがらがってくる。何が正しくて、何が間違いなのか。敵なのか、味方なのか。そんな考えに陥って、はっとなる。

「……ガイアスは、それ、知ってる？」

「今の様子を見る限り、気づいていないのではないかと思いますが」

「……大丈夫かな」

ガイアスがミッガ王国の騎士も一緒なんだと気づいたら、どう行動するだろうかと心配になった。

「そうですね。ガイアスもですが、他の皆のことも気にかけておいた方がいいでしょう。もしかしたら憎しみのままに行動して、相手を殺そうとする人もいるかもしれませんから。彼らから話を聞く前にそのようなことは起こらないようにしましょう」

ランさんは難しい顔をしてそう言うのだった。


ミッガ王国について私は考える。

神子を保護したとされていたフェアリートロフ王国。そのことを危惧して、隣国であるミッガ王国は奴隷を増やそうとした。そこで猫の獣人の村を襲い、ニルシさんたちは逃げてきた。けれど、他の村人はミッガ王国の奴隷にされた。そしてアトスさんが殺された。

――ガイアスのことも、殺そうとしていた。

あの時のことを思い出すと、身体が小さく震えた。

そういえばあそこには、王子様もいたんだっけ。偉い人が獣人たちをどうにかしようとしているという事実に、私は驚いた。

狼の獣人の村にいられなくなったので、私たちは村を捨てて逃げて、今ここにいる。逃げた私たちの元へ、ミッガ王国の騎士たちが獣人たちを連れてやってきた理由はなんなのだろうか。あの時から数年が経ったけれど、もしかしてずっと私たちのことを捜していたのだろうか。

それとも、私たちを捜していたわけではなく、たまたま森の中で迷っていただけなのだろうか。

こう考えてみると、全てが繋（つな）がっているんだなと漠然（ばくぜん）と思った。

ミッガ王国で何かが起こって、ここにやってくるに至ったのかもしれない。その何かが、私たちにとって悪いことではなければいい。嫌な予感は不思議としていない。何か悪いものが訪（おとず）れる感覚もない。

だから私は頭の中はこんがらがっているけれども、ミッガ王国の騎士がやってきたということを受け入れていた。

だけど、皆はそうではない。

私がなんとなく感じている予感は、皆が感じられるものではない。皆はやってきた人たちの中にミッガ王国の騎士も含まれているのを知って、怒（いか）りの声をあげていた。どうなるのかと不安そうにしていた。

ガイアスは身体を震わせて、だけど、取り乱さないように我慢（がまん）していた。いつも優（やさ）しく笑っている瞳（ひとみ）に、鋭（するど）さがあった。ガイアスは多分、憎しみを感じているのだと思う。

私は……、憎いという感情は芽生えていない。

――血の繋がった家族から、私が家族として認識（にんしき）されていなかったのだと知った時も、アトスさんが殺されてしまった時も、エルフの人たちが皆を生贄（いけにえ）にすると言った時も、魔物（まもの）退治をした時も、ロマさんが殺された時も、翼（つばさ）を持つ者たちが行動を起こした時も、いつだって私は憎しみなんて抱（いだ）いていなかった。悲しいと、そちらの気持ちの方が大きかった。

もう悲しいことが起こらないように頑張りたい、とそう考えていた。

それに獣人の中に様々な人がいるように、人間の中にも様々な人がいる。話を聞かなければ、彼らがどういう目的で、なぜここにやってきたのかは分からない。ランさんにも言われたし、私もそう思うから落ち着かない様子のガイアスの手を思わず握ってしまった。

「レルンダ……？」

「ガイアス、大丈夫」

私は出会った頃より話すのは得意になったけれど、やっぱり長文を話すのは苦手だ。大丈夫、落ち着いてという思いも込めて、ガイアスに向かって安心させるように笑みを浮かべた。なんだか、獣人の村にやってきた時、ガイアスが私を安心させてくれたのと逆だなと思った。

「話を、聞こう。あの人たちはミッガ王国から来たけど、獣人たちと一緒だった」

「……うん」

私の言葉にガイアスは頷いてくれた。


とはいえ、彼らは疲弊していてしばらく話せる状態ではなかった。

そのため、ランさんとドングさんが様子を見ながら少しずつ話を聞くことになった。やってきた人たちから話を聞いて、その話をまとめてから私たちに知らせてくれるということだ。大勢の前で話をさせることで、聞いている皆がどう行動を起こすのか分からなかったという心配もあるだろう。

「あの人たち、なんでここに来たんだろう？」

「まさかこの村に何かしようとしているんだろうか」

ランさんとドングさんが話を聞いている間、皆は落ち着きがなかった。そうしている中で翼を持つ者であるビラーさんたちがやってきたので、申し訳ないけれど今日は帰ってもらった。

ただ、じーっと、ランさんとドングさんが話を聞いている建物の方を見ていた。しばらくして、二人が出てきた。二人にただ私たちは視線を向ける。

ランさんに促(うなが)されるままに、皆で広場に向かった。

「こちらにやってきた人たちですが、獣人たちはミッガ王国で奴隷となっていたということです。一緒にいたミッガ王国の騎士たちは、仕えている主(あるじ)の命令により、神子がいると思われる森の中に共にやってきたのだと言っていました。また共にいた商人に関しては私の友人を含むヴェネ商会の者たちで、神子の元へ行くと決めた獣人たちや騎士たちと共にこちらに来ることにしたようです」

ミッガ王国は、獣人たちを奴隷にしていた国だ。だというのに、奴隷に落とされていた獣人たちを連れてここまでやってきた。神子――私の元へと連れてくるために。一体、私に何を求めているのだろうか。

ミッガ王国の中でも、奴隷とすることに対してよしとしない人が少なからずいてくれたということだろうかという希望が湧(わ)いた。それと同時に、どうして私が森の中にいると知っていたのだろうかという疑問も出てくる。

「奴隷になった獣人たちを集め、騎士たちに対してレルンダの元へ連れて行くように命じたのは、ミッガ王国の第七王子であるヒックド・ミッガ」

ミッガ王国の第七王子、ヒックド・ミッガ。その人は、獣人たちを苦しめていた人とは違い、獣人たちを助けてくれた人なのだろうか。

その名を口にしたあと、ランさんは強張った顔をした。そして、続けて驚くべきことを言った。

「――ヒックド・ミッガは、獣人たちを助けた存在でもありますが、私たちがこうしてこの地に来ることになった原因でもある存在です」

私はその言葉をすぐに理解することは出来なかった。

矛盾したような事実を言われて、私の頭はこんがらがる。何を言われているのか分からなかった。

そんな風に混乱しているのは私だけではなかった。ランさんの言葉を聞いた他の人たちも騒いでいた。

「どういうことなんだ？」

「ミッガ王国は俺たちを迫害していただろう！」

「意味が分からない！」

そんな言葉も当然であると言えた。私だって意味が分からない。

「静かにっ！」

ランさんがそうやって声をあげれば、私たちは黙った。口を閉じた私たちを見渡して、ランさんは続けた。

「……ヒックド・ミッガは、ミッガ王国の王の命令により、獣人たちを奴隷に落とすことを確かに命じていたようです」

ミッガ王国の王の命令。それに従っていた王子様。

「だけれども、それはヒックド・ミッガが望んでやっていたことではなかったようです。命令を下しながらも自身では進んでやりたいわけではなかったという話でした。第七王子はまだ子どもで、王の命令に従うしかなかったそうです」

父親に命令をされて奴隷に落とす行為をする。……拒否出来ない相手に命令をされるという立場になったら、いくら望んでいなくても断れないかもしれない。

望んでいないのに、そんなことを強要されたら――私は悲しくて仕方がなくなってしまうかもしれない。もしかしたら絶望というものを感じるかもしれない。

「……アトスさんが殺されるに至った命令も、ヒックド・ミッガが下したそうです。いえ、正しくは捕縛されたアトスさんから村の情報を聞き出すことを命令していたそうです。殺すことは望んでなかったとはいえ、間接的にはアトスさんが死んだ原因にあたる方ですね」

……アトスさんが死んだ原因に、間接的でもあたる人。

村の場所を聞き出そうとして、その結果、アトスさんは殺された。

ガイアスをちらりと見る。怖い顔をしている。だけど、ガイアスは話を最後まで聞こうと我慢している様子だった。

「レルンダのことを一度見かけていたそうです。それもあって、レルンダが神子ではないかと結びつけていたようですね」

「え？」

「……獣人の少年を守る不思議な少女を目撃した、とヒックド・ミッガは言っていたそうですよ」

「……それって、あの時の？」

ガイアスが手にかけられそうになった時に、私はガイアスを守ろうとした。その時に、私より少し年上の王子と呼ばれていた人が確かにいた。

そのことを私は思い出した。確か、私に手を伸ばして触れられた人だ。

あの時の少年が、今回のことに関わっているというのに驚いた。

「ええ。そのようです。元々、ミッガ王国の王の命令を嫌々こなしていたヒックド・ミッガは神子であるレルンダとの遭遇を含めて、いくつかの出来事を経験して、王の命令に背く行動を起こすことを決意したようです。獣人たちを殺す命令をされても殺したことにして保護したり、女性の奴隷たちを助けて集めたり――そういったことをしていたようです」

あの時、ガイアスの命を脅かそうとしていた王子様。逆らえない相手からの命令だからと、獣人たちを奴隷に落とす行為もしていた王子様。……だけど、その後、獣人たちを助けるために動いていた。その事実には驚きしかない。

「保護をしたもののミッガ王国に置いておくのは危険だということで、一度見かけた神子であるレルンダの元へ連れて行けないかと考えたようです。本当に出会えるかは分からないけれども、そうした方がいいと考えたようで、獣人たちの意思を聞いてから部下をつけて旅立たせることに至ったようです」

死んだことにしている獣人たちをミッガ王国に置いておくのは危険だからこそ、こうして私の元へ行くようにと指示をした。

一度遭遇しただけで、私の元へ本当に来られるかも分からないのに。それでも、王子様はそれを望んだ。

「……ヒックド・ミッガは、アトスさんの件に関する敵であるとも言えます。それでも現状、私たちの味方であるとも言えます。ヒックド・ミッガは確かに私たちを危機に陥らせた原因ですが、獣人たちをこうして助けてくれました」

ランさんはそう言って、私たち一人一人の顔を見渡した。

「気持ちの整理は難しいと思いますが、私はここまで獣人たちや私の友人を連れてきてくれたヒックド・ミッガの騎士たちに対しては、きちんとした対応をすべきだと思います。顔も見たくもないと思う人もいるかもしれませんが、きちんと向き合った上で彼らのことをどうするか決めるべきです」

これは難しい問題だと思う。

今は助けてくれる存在かもしれないけれど、だからといってニルシさんたちの村が襲われた事実とアトスさんが殺された事実はなくならない。

私もなんとも言えない気持ちと、混乱で頭がいっぱいだ。

敵だった人が、味方になる。大変な目に遭わせてきた人が、助けてくれる人になる。そんな状況は考えてもいなかった。

ミッガ王国は獣人たちに酷いことをする人たちだという認識ばかりがあった。

だからこそ、ヒックド・ミッガという王子様に対する私の感情は、今まで感じたことのないものになっていた。

皆も複雑な感情を抱いているのだろう。ランさんの言葉に頷いて、それぞれがいつもの生活に戻ったわけだが、皆、いつもよりも口数が少なかった。

◆

「貴方が、神子か……」

ランさんたちの話が終わった数日後に、私の元を訪れる一人の人物がいた。

私の前にいる人間の男の人は、ミッガ王国の第七王子の配下だという騎士の人だった。茶色の髪のまだ若い騎士の名はサドニドというそうだ。

騎士というだけあって、他の人たちよりも早く回復したらしい。回復してすぐ、私の元へやってきたそうだ。

念のため、ここにはニルシさんや他の獣人もいる。あとレイマーやフレネも傍で控えている。

——ミッガ王国の騎士。

その肩書のある人を見ると、頭の中で色んな感情が浮かび上がってくる。アトスさんのことが頭をよぎる。私を可愛がってくれた、大切だった人。

複雑な気持ちが確かに私の中にある。

「……私は、レルンダ。よろしくお願いします」

「……ああ。貴方は、ヒックド様のことを憎んでいますか？」

突然、そんなことを聞かれてなんと答えたらいいのか分からなかった。

「……ヒックド様は、いつか神子に殺されても仕方がないとそんな覚悟を持っているように見えました。ヒックド様もそして俺たちも、ただ王の命令に従って行動を起こしていた。酷い対応をしたのは確かだ。でも、ヒックド様は獣人を奴隷から解放したいと心から望んでいる、心優しい方なのです。俺たち騎士の命がどうなったって構わない。でも、ヒックド様だけは殺さないでほしい。こんなことを貴方たちに頼むのは酷かもしれない。だが、どうか……この首が落とされてもいい。ヒックド様のことだけは……許してほしい」

サドニドさんは、私に対して懇願した。

自分の命はどうなっても構わないから、ヒックド・ミッガという王子様のことだけは許してほしいと。

……私は正直、そんなことを言われても困ってしまう。

憎しみ、という感情を私は抱いていない。複雑な感情はあるけれども、殺すとか殺さないとかそんなことは考えていない。

でも、神子という存在は、私が考えているよりもずっと特別で。神子に嫌われたら大変なことになると言われているんだっけ……。

私はちらりとニルシさんたちを見る。

ニルシさんたちは、強張った顔をしている。私と最初に出会った時も、こういう顔をしていた。丁度あの時は、ニルシさんたちの村がミッガ王国に襲われて、逃げてきたあとだった。だから人間である私やランさんのことを警戒していた。

その時よりも、もっと怖い顔をしている。

サドニドさんは、膝をついて、頭を下げている。そんなサドニドさんのことをニルシさんが見下ろして、口を開く。

「……お前たちが、命令されていようが俺たちには関係がない。実際に行動をして、俺たちを絶望に追いやったのはお前たちだから」

命令されていようが、自分の意思でなかったとしても、行動したのは彼らだからとニルシさんは冷たい声で言う。だけれど、歯を食いしばって続ける。

「俺はミッガ王国のことが嫌いだし、許せない。憎いという気持ちももちろんある。だけど、俺たちの大事な奴(やつ)らを助けたのもお前たちなのは事実だ。だから、俺はお前たちを殺そうとは考えていない。許せはしないけれど、人の命は有限だ。死んだらそこで終わりだ。お前たちはせいぜい、長く生きて苦しめばいい」

「……私も、殺すとか殺さないとかは考えてない。だから安心して」

ニルシさんと私の言葉にサドニドさんは顔を上げた。

「……本当にすまなかったっ。そして、ありがとう」

そして、サドニドさんは涙(なみだ)を流しながらそう告げる。

「……サドニドさん、王子様って、どんな人？」

私は顔を上げたサドニドさんに問いかけた。

一度だけしか会ったことがない人。あの時、私に手が届いた人。キラキラしていたのは覚えているけれど。

ミッガ王国にいるその人と、会うことがあるのか分からない。でも、いつか、出会う予感がする。本当に、なんとなくだけど。サドニドさんも、いつか王子様と私たちが会うだろうと想像しているからこそ殺さないでほしいと懇願したのだろう。

「……ヒックド様は、優しい方です。少し前まで、陛下に逆らうことなんて出来ないような王子でした。でもある時、そうですね……婚約をしてから、変わりました。以前はその優しさから陛下の命令をこなしながらも苦しんでいました」

優しい人。だからこそ、逆らえない人からの命令で苦しんでいた。

――やりたくないことを、やらなければならない。望んでないことをやるというだけでも、精神的に疲れてしまうと思うから、王子様は大変だったんだとは思う。

「……でも、最近は優しいだけではなくてとても強くなりました。成長されて、自分のやりたいことを後悔しないようにやろうと必死になっています。本気で行動を起こそうとしているヒックド様にだからこそ、俺たちは従おうと思ったんです」

その言葉からも、サドニドさんが本当に王子様のことを慕っていると分かる。

多分、王子様が獣人たちに酷いことをしていなければ、私は優しくて強くて慕われている人というだけで好感を抱いたんだと思う。出会い方などが違えば、きっと仲良くなれたんだろうなってサドニドさんから王子様の話を聞きながら私は思うのだった。

◆

獣人、商人、騎士。

彼らはこの村に受け入れられることになった。ミッガ王国の騎士たちに対して、何も思わないわけではない。苦い顔をしている人はたくさんいたし、私だって複雑な感情を抱(かか)えたままだ。

助けられた獣人の人たちは、共にここまでやってきたということで少なからずの仲間意識を騎士に抱いているようだ。とはいえ、それでも完全に受け入れているわけではないようで、助けられた獣人たちも絶望に追いやられた事実と助けられた事実の狭間(はざま)で苦しみを感じている。

レルンダの祭壇(さいだん)と呼ばれている場所で今日もお祈(いの)りをする。この場所は他にも「神子の祭壇」といった呼ばれ方もしている。

人が増えても相変わらずこの場所は私以外はお祈りをしない。むしろ、私だけがずっとお祈りをしてきた場所だから私以外入ってはならないといった暗黙(あんもく)の了解(りょうかい)になっているらしい。

民族の人たちやイルームさんは建物の外でお祈りをしていたりする。また、人が入らないように柵(さく)も作られていた。

お祈りをしたあと、外に出たらガイアスを見かけた。

――ガイアスは、ミッガ王国の騎士たちがやってきてから広場にあまり顔を出さなくなった。彼らのことを視界に入れないようにしようとしているのだと思う。

私は憎しみを感じていない。そんな強い感情は心の中にない。例え、敵だった人でも味方になるのならば、仲良くしたいとそう感じてしまう人間だ。

時々考える。ロマさんのことがあった時から、特に。

私はただの人間である。そういう実感の方が強いけれど、それでも私は神子なのだ。人間であるけれども、神子。それでいて、確かに他の人とは違う。だからこそ、時々、皆とは違うズレがあるような感覚に陥る。

ミッガ王国の騎士にだって、皆と同じような憎しみは感じていない。複雑な気持ちはある。現状好きとは思えない。けれど、ニルシさんの言っていたようなどうしても許せないといった気持ちは湧いてこない。

アトスさんのことが大切だった。大好きだった。頭を撫(な)でられて嬉(うれ)しかった。けれど、アトスさんを私たちから間接的に奪(うば)った人たちに憎悪(ぞうお)を抱くかというと、違うのだ。

悲しい、どうしてこんなことに、もうこんなことにならないようにしなければ——とは思うけれど、そういう感情はない。

これは私の性格からなのか、それとも私が神子だからなのか、分からない。分からないけれど、複雑な気持ちはあっても憎しみや苦しさを抱いているわけではない私は、ガイアスたちの気持ちとの間にズレがあると思った。

でもズレがあったとしても、同じ気持ちではなかったとしても——苦しそうな顔をしているガイアスのことを放っておくなんて出来ない。

そう思って、私はガイアスの元へ向かった。そんな私の後ろをフレネがついてくる。

ガイアスは、村の端(はし)の方で、急に素振(すぶ)りをしたりと身体を動かし始めた。

やってきた人たちは村に住まうことが決まったものの、様々な問題もあるため数カ所に集められている。家は即席で作ったものだ。私やランさんが暮らしている家と同じタイプの家に住んでもらっている。

ミッガ王国の騎士がこちらに何もする気がなくても、村の獣人たちがミッガ王国の騎士に対して何か行動を起こさないとも限らない。商人たちだって、ランさんの友人がいるとはいえ何をするか分からないというのもあって監視の目が強いようだ。

助けられた獣人たちは騎士や商人よりは自由度が高いが、それでも問題が起こらないようにと周りは見守っている。

彼らは村の中心部に近いところにいるので、今、ガイアスがいるような村の端には来ないのだ。それが分かっているからこそ、ガイアスは彼らに会わないように村の端の方にいることが多い。

ガイアスは、ただ一心に身体を動かしている。それは、考えたくないからなのかもしれない。ガイアスは苦しんでいる。

そう思うと、いてもたってもいられない。

ガイアスの気持ちが全て分かるわけではない。ガイアスがどんな風に苦しんでいるかきちんと知っているわけでもない。ガイアスの気持ちを知ったところで、私が言える言葉も出来る行動も何もないかもしれない。だけど、私はガイアスと話したかった。

「ガイアス」

声をかければ、ガイアスは動きを止めた。

「レルンダか……」

「……ガイアス、お話ししよう」

大丈夫か、とは聞けない。だって見るからにガイアスは大丈夫ではない。平気なふりをしているのかもしれないけれど、ガイアスは苦しんでいる。

ガイアスのためにも、まずはガイアスの話を聞こうと思った。ガイアスが苦しんでいると、私は悲しい。だから、なんでもいいから、ガイアスに何か出来ればと思ったのだ。

私の言葉に、ガイアスは頷いてくれた。

「……」

「……」

私たちは、しばらく互いに喋らなかった。私はなんと切り出せばいいのか分からなかった。

ガイアスは何か考えるような仕草をしている。地面に並んで座り込む私たちの傍で、フレネはガイアスに見えないように姿を消して、ただ見守ってくれている。

「ガイアス、あのね」

「レルンダ、あのさ」

そして、同時に口を開いた。一瞬、二人とも固まる。

「……ガイアスから、いいよ」

そう告げれば、ガイアスが口を開いた。

「俺は……、割り切れないんだよ。ミッガ王国の騎士たちのことを」

「……うん」

「ニルシさんの村の人たちを助けてくれた王子は、父さんが死ぬきっかけで、俺たちが逃げなければならなかったきっかけでもある。そう考えるとさ、どうしても今は敵ではなかったとしても、許せないって気持ちが強かったりする」

「うん」

ガイアスは、私の方を見ない。下を向いて、苦しそうに言葉を吐き出す。ガイアスが苦しんでいると、なんだか悲しい。私はガイアスのことが大好きだから、苦しまないでほしいっていつだって思う。でも、こうやって何かを抱えて苦しむのも生きているっていう証なんだと思う。

生まれ育った村にいた頃の私は、ガイアスが感じているような苦しさも何も感じていなくて。ただ息をしていただけだった。だからこそ余計にそんな風に思う。

「俺は父さんがいなくなったのが悲しい。なんで父さんがあんな風な死に方をしなければならなかったのか納得なんて出来ない。レルンダやランさんは例外だけど、やっぱり人間っていうだけで警戒はしてしまう。まだ、他の人間たちはなんとか割り切れる。でも、ミッガ王国の騎士は――父さんを殺した張本人って言える存在だろう。……そう思うと、父さんは死んだのになんでって思ってしまうんだよ」

悲しい、苦しいと、ガイアスは言う。

ガイアスにとって、人間の中でもミッガ王国の騎士は割り切れない複雑な存在なのだ。

「頭では、分かってるんだよ。でも――、心は分かってくれない。今は奴隷たちを助けてくれて、ここまで獣人たちを連れてきてくれて、味方だと言えるかもしれない。でも、やっぱり、割り切れない。殺してしまいたいって――そんな、どす黒い感情が湧いてきたりもする」

アトスさんがあんな風に残酷な殺され方をしてしまったから。だからガイアスは、ただ優しいだけではいられなくなった。出会った頃のガイアスは、誰かを殺したいなんて感情を持っていない男の子だった。

「……こんな、殺したいなんて思っちゃ駄目なのに。レルンダもこんなことを言っている俺のこと、嫌だろ？」

ガイアスはようやく私の方を向いた。

不安げに、その茶色の瞳は揺れている。

私はそんなガイアスの頬に手を伸ばした。そして、ガイアスの目を真っ直ぐに見つめる。

「ガイアス、駄目じゃない」

私は少し悩んで、口を開いた。

「……私は、憎しみとか、殺したいとか、分からない。でも、それが駄目だとは思わない」

憎しみの感情も、殺したいという感情も、私には分からない。私にはその感情はない。でも――

自分が感じないからといって、それを否定しようなどとは思わなかった。

「——殺したいって思っててもいいと思う。でも実際にやるのは、どうかと思うけど。その、ガイアスの中にある殺したいとか、憎いって思いも、全部ちゃんと抱えていていいんだと思う。殺すって考えが怖くないとは言えない。でも、それをなくさなきゃいけないとか、そんな思いを感じちゃいけないとか、そうは思わないから」

まだ十歳の私には、なんと口にするのが正解かは分からない。ううん、こういうことに正解なんてないんだと思う。どんな答えが正解なのかは、受け取った人によって違うだろう。私はガイアスのことを理解したいと思うけれど、結局全てを理解するのは難しいと思うから。

だから、私は自分が思ったことを口にする。

「抱えた上で、苦しいかもだけど——殺さずに接するのがいいと思う。でも抱え込み過ぎるのは、苦しいから全部吐き出してほしい。心でずっと、たくさん、抱えているよりも、言葉にして吐き出した方がいいと思う」

私は両手でガイアスの頬に触れ、じーっとガイアスを見つめたまま告げる。ガイアスは私の言葉に驚いた表情のままだ。

「だから、いっぱい、吐き出して。私、聞くことは出来るから。憎いとか、私には分からないけど、私、ガイアスが苦しいままなのは嫌だから。いくらでも、話は聞くから。だから——、苦しいままで抱え込まないで」

吐き出したからといって、心が軽くなるのかどうか分からない。でも、少しは楽になるのではないかと思って、私は口にした。

憎しみとかは分からないけど、ガイアスに苦しんでほしくないから。

「……ありがとう、レルンダ」

「うん」

「……あの、離して。じっと見つめられると恥ずかしいから」

「うん」

「ちょっと、色々聞いてもらっていいか？　結構、ドロドロした感情だけど」

「うん。全部、話して」

私はガイアスの言葉を待つ。

ガイアスは口を開いた。

「俺はやっぱり、父さんが殺されなければならなかったことに対して割り切ることなんて出来ない。今、こうして獣人の味方をしてくれるなら、どうして、父さんを殺す前にその決断をしてくれなかったんだって、どうしても思ってしまうから」

「うん」

もし、王子様がもっと早くに決断をしてくれていたら。もしかしたらアトスさんは死ななかったかもしれない。それは考えても仕方がないことだろうけれども、どうしても考えてしまう、もしかしたらの話。

「父さんが、死ぬ必要なんてなかったはずだ。……ニルシさんの村の獣人たちだって大変な目に遭っているのに。俺は——自分の父さんが殺されてしまったことばかり考えている。ニルシさんたちだって、辛い思いをしているのに、俺は、自分が一番辛いんだと思い込んでしまっていて、周りに配慮することも出来ない」

「うん」

「こんな感情、誰かに言ったら駄目だと思って……。嫌われてしまうと感じて、だから……誰にも言えなかった。誰にも言わずに、ずっと考えてたら頭の中がこんがらがってきて、どうしたらいいか分からなくて、考えないようにしようと思ってた」

「うん」

「……でもいくら考えないようにしようとして、身体を動かして一時は考えずに済んだとしてもまたすぐに考えてしまう。こんなことを考えたら駄目だって、押さえつければ押さえつけるほど、どうしてなんだって気持ちが湧いてきて、どうしたらいいか分からなくなる。もしかしたら俺は、いつかあの騎士たちに襲いかかってしまうかもしれない……」

「……大丈夫。ちゃんと私も、ランさんも、皆も見ているよ。ガイアスは殺したいって気持ちはあっても、本当は殺したくないでしょう」

本当に殺したいと思っているのならば、こんな風に葛藤などしない。殺してしまえたら楽だというのならば、私にこうして吐き出すことも、一人で苦しむこともせずに行動を起こしただろう。ガイアスは、私に嫌われるんじゃないかって不安がっていたみたいだけど、私がガイアスを嫌いになることは、きっと一生ないと思う。だって、人は変わっていくものだけど、ガイアスは私の大好きなガイアスのままだから。

優しいガイアスだからこそ、こうして葛藤をしているんだと思う。

だから、私はガイアスがそのまま憎しみに捕らわれてしまわないようにちゃんと見ていてあげようと思った。私だけじゃなくて、他の皆だってガイアスが抱えている気持ちを知っても、誰一人ガイアスのことを嫌いになったりなんてしないと思う。私たちは同じ志を持っている仲間なんだから。

「――ガイアス、その気持ち、抱えてて大丈夫。どうしても抑えきれないなら、私はいつでも話を聞く。私だけじゃなくて、ランさんやドングさんだって、イルケサイたちだって、皆、話を聞いてくれるよ。気晴らしにだって付き合う。ガイアスのこと、大切だし大好きだから」

私がそう口にすれば、ガイアスは目に涙をためていた。びっくりする。

「ガ、ガイアス、どうしたの？」

「俺は恵まれてるなと思っただけだよ。それが嬉しかったんだ。ありがとう、レルンダ」

ガイアスは笑みを零してそう言って、涙をぬぐう。

「気にしないで。私も、ガイアスにたくさん助けられてるから、お互い様。ガイアス、もやもやしているなら、思いっきり走り回ったり、叫んだりしてみる？　狼の姿でそれやったら少しはすっきりするかも。ガイアスと私だけで行くのは危険かもだから、グリフォンたちも一緒に行くことになるだろうけれど……」

私はガイアスに提案をする。

少しでもガイアスがすっきりしないかなと期待して。

それに狼の姿で声をあげるのならば、周りに聞かれても問題がないだろうし。

私の言葉に、ガイアスは「ああ」と笑ってくれた。私に吐き出して、少しは楽になったなら良かったと思う。

「ドングさんたちにも、相談してみる」

「うん」

そう言ったガイアスは、すっきりした顔をしていてほっとした。

ガイアスの考えていることを、全て理解することなんて出来ないけれども、こうしてガイアスのためになれたのならば嬉しいと思う。

私のすぐ隣でフレネは「人間って大変」とつぶやいていたのだった。

ふとフレネに指をさされてそちらを見れば、ランさんとニルシさん、シーフォやレイマーたちが心配そうにこちらを覗き込んでいた。

ガイアスは、やっぱり皆に好かれている。皆、ガイアスが大好きだからこうして心配しているんだ。

ガイアスがどんな感情を持っていても嫌われたりしないんだ。と、そこまで考えて、もしかしたら私が初めて神聖魔法を使って倒れたあとのガイアスも似た気持ちだったのかなと気づいた。

自分なんてどうでもいいと言った私にガイアスは怒った。

私は今、嫌われてしまうかもしれないというガイアスに大丈夫だって言った。

あの時、ガイアスの言葉が嬉しかった私が、こうしてガイアスの助けになれることが嬉しいと思った。

「ガイアス、ランさんたち、いるよ」

「え、あ、本当だ」

「皆、ガイアス、心配してる。ちゃんと見とくから、安心してね」

「……ああ」

大好きな人たちと、私は支え合って生きていくんだ。

◆

「サッダが貴方と話したいと言っていますが、どうしますか？」

ランさんがそんな風に私に問いかけてきたのは、ミッガ王国から人がやってきてしばらく経ってからだった。その時、私はフレネとユインと家の中でのんびり過ごしていた。

サッダさんとは、ランさんの友人だという商人の男性だ。ここにたどり着いた段階ですでにボロボロだったサッダさんは、体調を回復させるためにゆっくり療養（りょうよう）していたはずだ。

そのサッダさんが私になんの用があるのだろうか。

「話って、なんだろう？」

「……恐らくフェアリートロフ王国のことだと思いますよ。サッダはフェアリートロフ王国で活躍（かつやく）している商会の息子ですから」

「……フェアリートロフ王国の？」

フェアリートロフ王国は私にとっての祖国だけど、今は何も感じていない国だった。

「恐らく、貴方の家族の話もされますが。どうしますか？　レルンダが直接話を聞きたくないというのならば私が話を聞いてきますが……」

ランさんは私が家族にどういう扱（あつか）いをされてきたのか知っているため、気を使ってくれる。

家族。私にとって血の繋がった家族である両親と姉。血は繋がっていても、私たちはちゃんと家族ではなかった。そう呼べるほど温かい関係はなかった。

グリフォンたちやシーフォと出会って、ああ、これが家族なんだと思って、嬉しくて仕方がなかった。胸が温かくて、血が繋がらなくても家族なんだって。

それから本当に考えることもなかった。血の繋がりだけがある、家族。

生まれ育った村にいた頃は生きているようで生きていなくて――、何も考えずにただ、息をしていただけだった。捨てられて、ようやく私は足を踏み出した。だから、冷たいと言われるかもしれないけれど家族に対してはあまり何も感じていない。

私には、契約しているグリフォンたちや、ガイアスたちや、ランさんといった大切な人たちがいる。だから――、どんな話を聞いたって受け入れられると思った。

「話、聞く。私は大丈夫」

「……そうですか」

「うん。フレネやユインも一緒でいい？」

「ええ。もちろんです」

ランさんが頷いてくれたので、フレネとユインも連れて向かうことになった。サッダさんはまだ弱っているため、寝かせている部屋に向かった。

弱り切っているとはいえ、ミッガ王国からやってきた人間と話すということで、他の大人たちが部屋の入口に立ってくれている。

それは、ランさんがサッダさんを友人だけど警戒しているからだと思った。友人だったとしても、この村にやってきたのはついこの前だ。新しい人が来ることによって、この村に何か起こらないようにランさんは警戒と注意を払っている。それはきっと、ロマさんのようなことが起こらないためにだ。

新たに村にやってきた人たちも、ここで以前から暮らしていた人たちも、傷つけ合わないように。

取り返しがつかないことにならないように。

サッダさんはベッドに座り、口を開く。

「――君が神子ですね。僕はサッダ。ヴェネ商会のトップを務めています。よろしくお願いします」

ランさんの友人であるサッダさんは、茶髪の若い男の人だ。年はランさんと同じぐらいだろうか。獣人と比べて、身体つきが少し細い。それなのに、こんなところにまでやってくるのは大変だっただろうと思う。

私たちがここまでやってくる間、危険なことはほとんどなかった。それは多分、私がいたからだ。なんとなくで回避出来ることが私にはたくさんあった。でもそれがないというのに、サッダさんたちはここまでやってきたのだから凄い。

サッダさんはユインが気になるのか視線を度々そちらに向けていた。

「サッダ、貴方いつヴェネ商会を継いだのですか？　それに商会のトップになったというのにこんなところまで来るなんて、貴方は馬鹿ですか⁉」

「……ランに、会いたかったんですよ」

「そんな理由でこんなところにまで？　まぁ、私も友人であるサッダに会えたのは嬉しいですが。一歩でも間違えば死んでいたんですよ？　ちゃんとそのことを自覚してくださいね？」

ヴェネ商会のトップというのがどれだけ凄いのか私には分からない。でも、ランさんが驚いているということはそれだけの立場なのだろう。

それにしても、ランさんとサッダさんって仲良しなんだなと私は聞いていて思った。

「私は、レルンダ。よろしく」

「はい」

「サッダ、それでレルンダに話というのは？」

ランさんに問いかけられ、サッダさんは答えた。

「フェアリートロフ王国ではランが去ってからたくさんのことが起こりました。それはレルンダさんにも関係していることです。なので、お話しさせていただこうと思いました」

「そうですか……」

「はい。まず、フェアリートロフ王国では内乱が起こりました。その過程で、神子とされていたアリスが神子ではないことが知らされました」

「え」

私は内乱が起こったという話と、姉の話で驚いて声をあげてしまった。見れば、ランさんも驚いたような顔をしている。

「フェアリートロフ王国が、内乱ですか？」

「ええ。もう内乱は治まっていますが、フェアリートロフ王国では王位継承(けいしょう)権を巡(めぐ)って争いが起こりました」

王様の地位を巡って争いが起こった——なんだか別世界の出来事のように感じる。だけど、少なからず私たちが関係していることだ。

「——その王位継承権を巡る争いの前から、フェアリートロフ王国では不作や雷といった災いが起こっていました。アリスという神子を大神殿が引き取ってからしばらく、その状況でした。それはランがいなくなったあともずっと続いていたのですよ。そのこともあり、フェアリートロフ王国は対応に追われていました。そんな中で国王が死去したのです」

王様が死んだということを聞き、ランさんが目を見開く。一体何があったのだろうか？

サッダさんは語る。

「フェアリートロフ王国にはまず、三人の王子と五人の王女がいました。第一王子を王太子に任命されており、国王が健在であれば順当に王太子が王になって、内乱など起こらなかったでしょう。しかし国王が亡くなったタイミングで、第三王子が『国が保護していた神子は偽物だ』と告発しました。そして父親である王が亡くなったのは偽物の神子を保護したことによる天罰だと。さらに災いが起こっているのは偽物の神子を保護したからだと言い放ったそうです」

「まぁ、そんな告発を？　ああ、レルンダ、そのような顔をしなくてもいいんですよ。貴方のせいではありません。国が不作に見舞われたのは貴方が国を去ったからというのもあるでしょうが、内乱に関しては第三王子が王太子の足を引っ張るためにそういう理由をつけたのだと思いますから」

ランさんは私が自分のせいで内乱が起きたのだろうか、と不安がっていることを察して、安心させるようにそう言ってくれた。

だけど、直接的な原因が私になかったとしても、神子という存在がいたからこそ起こったことではあると思う。

……ちゃんと、神子として自覚して生きていくって決めたから、そういう何かを起こす理由にもされないように気をつけていかなければならないんだろうなって思う。

私に悪気がなかったとしても、そういう風に神子を理由にして事を起こす人はいるのだろうから。

考えて黙り込んだ私にサッダさんが続ける。

「レルンダさん、気にしなくていいですよ。王が亡くなったのは神子のことは関係がありませんから。それでまぁ、第三王子は、王はアリスが偽物と知りながら神殿と癒着して神子という存在を生み出したと告げたのです。王太子と第二王子はその王の企みを知りながら、私利私欲のためにそのことを黙認していた。だからこそ王になる資格はなく、自分が王になると主張しました」

「……結局、第三王子は自分が王になりたかっただけですね。神子が偽物だろうが本物であろうがどうでもよく、とにかく王と兄弟を蹴落として支持を得たかったのでしょう。それにしても、レルンダを理由にはしてほしくありませんが……」

「……姉たちはどうなったの？」

気になったことを私は口にした。

家族とは言わなかった。私にとって、血が繋がっていても彼らは家族ではなかったから。だけど、他人ではない。大切ではないけれど、どうでもいいと切り捨てられるような存在でもなかった。

「ご両親に関しては残念ながら、現状行方知れずになっています。内乱の混乱の中、逃げたようです。恐らくどこかで儚くなっているのではないかと思います。母親の方は病気で倒れていましたので」

「そうなの？」

「はい。そのこともあって、アリスが神子ではないのではないかと神殿でも噂になっていたようです。神子の両親には、祝福とは逆のことが起こっていたわけですから。第三王子が告発を出来たのも、大神殿内部でアリスが神子ではないのではないかと疑っている者が多かったからなのです」

「それで……姉は？」

「アリスに関して言えば、無事に生きています。フェアリートロフ王国の第五王女であるニーナエフ様が保護していますよ」

「王女様？」

「はい。彼女はランが去ったあとに、アリスに諫言をし辺境に追いやられていました。フェアリートロフ王国が崩壊するのはヴェネ商会としてもどうにかしたい問題だったので、僕たちはニーナエフ様に接触していました。ニーナエフ様はアリスが神子でないと勘づいていたようです。それで内乱が起こった時に、幼い少女に全てを押しつけるのはと行動を起こしていました」

　両親は分からない。姉は生きている。

両親のことは、悲しいとは思わなかった。私の中で割り切っているのだと思う。

姉のことは少しだけほっとした。姉に会いたいか会いたくないかで言えば、どちらでもいい。でも私にとって姉は家族ではないけれど、特別だとはやっぱり認識しているんだと思う。

生まれ育った村にいた頃、特別じゃなかった私にとって姉はどこまでも特別に映っていた。その気持ちは今も少なからず、心に残っている。

「ニーナエフ様が王様になったらいいなと思って、提案もしてみましたが却下されてしまいました」

「……サッダ、貴方は何をやってるのですか？」

サッダさんの言葉にランさんは呆れた目を向けている。そういう会話からもランさんとサッダさんが気安い仲だというのがよく分かる。

「ラン、そんな目で見ないでください。ニーナエフ様は、国が神子だと騙った偽物のせいだと全ての責任をアリスに押しつけようとしていたところを、幼い子どもだけの責任ではないから救おうと動いていた方だったから、王になるのもありだと考えていたんです」

「それは、そうですが……。それで、アリスは今はどうしてるのですか？」

「ニーナエフ様は王太子を支持して、内乱が治まったあとに辺境にお戻りになりました。アリスも連れてです。あの内乱があって、アリスは自分が特別じゃないことを自覚したようで、変わろうとしているというのは商会のメンバーから聞きました。ただ、僕は直接アリスともニーナエフ様と会っていないので、人づてに聞いた話になりますが」

王女様は、姉を助けて、保護したのだとサッダさんは私に言った。

姉は王女様に保護されている。

そして自分が特別ではないことを自覚したのだという。

私は……姉と姉妹（しまい）だけど、姉のことをそんなに知らない。姉が特別視されていたことは知っている。姉が皆に囲まれていたことを知っている。――でも、私は姉自身を知らない。姉とちゃんと話したこともない。

私が村から捨てられて変わってきているのと同じように、姉も姉で神子として引き取られてから変わっていっているんだなって思った。大変なこともあったようだけれど、自分で変わろうとしているのなら、それは姉にとってきっといいことなのだろう。

「アリスが変わろうとしているのですか……。あれだけ聞く耳を持たなかったのに」

「そうだね。誰が言っても聞く耳を持たなかったけれど、内乱という命の危険があってようやくアリスは自覚したんだよ。もし内乱が起こらなかったら、我儘（わがまま）な神子のままだっただろうね」

「それはいいことですね。内乱が起こったということはフェアリートロフ王国にとっては大変なことだったでしょうが、内乱が起こったからこそいいこともあったでしょう」

「そうですね。内乱が起こったからこそ、少しいい方に動いていると言えます。あと、そのニーナエフ様は、ヒックド様の婚約者なんですよね」

「……そこで繋がるんですか？」

「そうだよ。ラン、ヒックド様とニーナエフ様は婚約者として繋がっていた。だからこそ、ニーナエフ様は早いうちからアリスが神子ではないかもしれないことを知ったし、アリスを保護しようと動いていたんですよ」

　全ては繋がってるんだなって、聞いていて思う。

　王女様が姉を保護したこととかも、王子様から繋がっている。それにしても婚約者とかいるんだなと不思議な気分だ。私は結婚とかはまだ分からない。恋も分からない。でも王女様や王子様は恋が分からなくても結婚相手が決まっていたりするのか。大変だと思う。

「レルンダさんを捜すために神官が国外に出ていると聞いたけれど……」

「ああ、それならもうこの村に来ていますよ。神子であるレルンダの意思を尊重したいからって、他のメンバーを振り切ってきたそうですが」

「そうなのか？　他のメンバーはどうなったんだろうか。まぁ、どちらにせよ、フェアリートロフ王国は今、混乱しているからレルンダさんを捜しに来ようとはしないと思う。また、ミッガ王国では奴隷たちによる反乱も起こっている。二つの国は神子を捜しに行くような余裕はないだろう」

「それならばひとまず、安心できますね」

「そうそう、ミッガ王国からここまでの道のりもきちんと記録しているんだ。だから、行こうと思えば、戻ることも可能だよ。もしミッガ王国やフェアリートロフ王国に向かうことがあるのならば道案内は出来るよ」

　ここへやってくるのはとても大変だっただろうに、ちゃんとここまでの道のりをサッダさんは記録しているらしい。

　私たちなんて、ただ安心出来る場所を探し歩いていただけで道のりを記録する余裕なんてなかった。最初に狼の獣人の村をあとにした時は、逃げることに必死だった。エルフの村をあとにする時だって、安心出来る場所をなんとか探すんだって、必死で、そんな余裕はなかった。

　サッダさんは、そういうところをきちんとして先を見据えていて凄いなと思った。

「それは、向こうからは辿れないようになってますか？」

「ああ、それは大丈夫。僕だけが分かるように記録して、跡をつけているから。ただ森の中はとても危険なので、相応の準備をして向かわなければたどり着くまでに生きているか分からないけれど」

「それはそうですわ。この森の中は危険ですもの。私もサッダも、戦うことが出来ませんからね。村では少しずつ全員が戦えるようにと訓練していく予定です。サッダも参加しますか？　体力をつけたりするだけでも役に立つと思いますが」

「参加したいかな……。参加したら少しはこれからのためになると思うから。僕はこの村を拠点にするつもりだけど、仲間の一人は一度ミッガ王国に戻ってもらうことを考えているんだ。それは許可してもらえるかな？　ヒックド様に神子の元へたどり着けたという報告をしておきたい。そして、こちらに連れてきたい獣人たちも増えているかもしれないから」

サッダさんはこれからのことを考えてここに住みたいと言った。ドングさんたちは、ここにたどり着いてしまったものは仕方がないし、ランさんの友人だからとそれを許可した。それに話し合いの中で決まったように私たちは外への繋がりを作ろうとしている。サッダさんたちがいた方がこれからのためになると判断したのだろう。

「……それは、こちらで話し合いをして判断しますわ。サッダ、村で行動を起こすのは構いませんが、こちらが見逃せないようなことはしないでくださいね。私は友人である貴方に酷い真似はしたくありませんから」

「大丈夫。分かっているから。この村にとっても、神子であるレルンダさんにとっても、悪いように動くつもりはない。何か行動するならちゃんとランに相談するから」

サッダさんとランさんはそんな会話を交わしていた。この二人は本当に仲良しなんだなと思えた。

「サッダさん……、色んな話、聞きたい。今度、時間がある時、商人のこととか、色々聞いていい？」

サッダさんは色んなことを知っているように思えたから、そう問いかけた。サッダさんは笑顔で頷いてくれるのだった。

幕間　猫と、暗躍／王子と、反乱　2

人生は本当に予想外のことだらけだ。

俺は、人間社会に入り込んで、捕らわれている獣人たちを助けるために動きたかった。だからこそ、伯爵家の娘の望むままにされるがままになっていたし、少しずつミッガ王国の貴族たちと顔繋ぎをしていた。

ミッガ王国の第七王子ヒックド・ミッガとも顔繋ぎ出来た。あの王子は俺たちの村を破滅に追いやった本人であり、今は、獣人たちのために動いている。ヒックドとは秘密裏に協力し合うことが決まった。表向きは俺も王子も獣人たちを奴隷とする動きをしながらも、実のところは逆のことを志している。

本物の神子の元へヒックドは獣人たちを送り出したらしいが、ただ本当に神子に会えているかどうかは定かではないようだ。……しかし、この国に居続けて奴隷として過ごすよりもまだ希望が見える外へ逃げ出せた方が断然いいだろう。

そのため、なんとか伯爵家の娘を言いくるめて、ヒックドの元へ集めた獣人たちを連れて行こうと考えていた。

――が、その前に予想外のことが起きた。

それは竜族と呼ばれる存在による襲撃だった。

ミッガ王国の王族の中で、竜族を奴隷にしていた者がいた。仲間を奴隷にされた怒りから、竜族たちは国に牙をむいたのだ。

俺は正直言って正気か、と疑った。

相手は国である。圧倒的な人数の差があり、失敗すれば全員奴隷に落ちてしまう。そんな状況で、襲撃を仕掛けた。しかしそんな心配をよそに、竜族は力があるので、この襲撃は国に大きな打撃を与えた。

そして、竜族たちは仲間を助け出したあと、それだけにとどまらず、ミッガ王国に憎悪を抱いているからか、貴族らにまで手を伸ばしてきた。他種族を奴隷に落として悦に入っている人間が気に食わなかったから――という理由だけで、俺のいる伯爵家にまで襲撃を仕掛けてきたのだ。

俺の願いによってここに奴隷たちの多くが集められていたから、貴族の中でも目立ったのだろう。

異種族の奴隷に溺れた悪趣味な伯爵令嬢。それが、周りから見た姿だったから。

竜族たちからしてみれば、さぞ不気味だったのだろう。そして気に食わなかったのだろう。

竜族が国を襲撃し、ヒックドの兄である第四王子が負傷し、奴隷として捕らわれていた竜族が逃げた。

その報告を受けて一週間も経たずに伯爵家の屋敷は襲撃された。

俺はその時、お嬢様と一緒にいた。彼女は相変わらず俺の顔が好きらしくて、俺を見て笑みを零していた。ソファに並んで座り、俺の顔を愛おしそうに見る。

このお嬢様は、俺がお嬢様に対して憎悪を抱いているなんて欠片も考えていないだろう。俺が少し優しくしただけで、本当に自分のことを第一に考えてくれていると思い込んでいる。なんておめでたい頭をしているんだろうと思えてならない。

このお嬢様に情が湧いたらどうしようかと考えたこともあったが、現状そういうものは湧いていなくてほっとしている。

「――ねぇ、ダッシャ」

そうしていつも通り、彼女が俺の名を呼んでいた時、俺は音を聞いた。獣人の耳だからこそ何かが動く音に気づいた俺は一言告げて、部屋を出た。

すると、屋敷に侵入しようとしている竜族を見かけた。そこで声をあげれば伯爵家に仕えている兵士たちが動いただろうし、侵入しようとしていることがばれたとなれば彼らは逃げたかもしれない。

だけど、俺はあえて気づいた事実を言わなかった。

――竜族が屋敷を襲ったとしても俺にとっては問題がなかった。むしろ、ミッガ王国と敵対している彼らは俺にとってある意味仲間とも言えたから。

それに、もしここで騒ぎ立てれば集めている獣人の奴隷たちを盾にして、この場にいる人間たちが逃げるという可能性もあった。胸糞悪い話だが、そのように奴隷を有効活用したと自信満々に告げている人間を見たこともあるのだ。

どうするべきだろうか。どう動くべきだろうか。

考えても考えても、正直、どれが一番いい選択肢なのか俺には分からなかった。

考えている間に、またちらっと彼らを見る。目が合うと驚いた顔をしていた。じっと、俺の方を見ていたその竜族は、俺が騒ぎ立てる気がないのを遠目でも理解したらしい。そのまま、引き返すことなく屋敷に侵入した。

俺はお嬢様の元へ何食わぬ顔で戻った。

それからしばらくして屋敷内が騒がしくなった。

竜族だ、という叫び声が聞こえる。お嬢様が震えている。逃げましょう、とお嬢様に言われ、ひとまず従うことにしてお嬢様と部屋を出た。

屋敷内は騒がしい。

俺は逃げる、といった体を取りながらも奴隷たちのいる方へとお嬢様を誘導する。そうしていれば、目の前で人が殺された。そして竜族が現れる。

竜族の姿を見て、お嬢様は「ひゃあ」と情けない声をあげて気を失った。

――そこにいたのは俺と目が合ったあの竜族だった。

俺はお嬢様を支えながら、竜族を見る。

「お前は……何を思って人の味方をしている？」

「……何を思ってとは？　俺は俺の保身のためにこうしているだけだ」

「嘘をつけ。本当にそうならば侵入しようとしているのを見た段階で声をあげただろう。それに、奴隷が言っていたぞ。なんだかんだでお前は優しいと。このまま、共に逃げるのはどうだ？　保身のためにしても逃げた方がいいだろう」

　逃げるのはどうだと、竜族は言う。

　確かにここで逃げた方がいいのかもしれない。逃げればひとまずの平穏は手に入るだろう。でも……俺の目標を叶えるためにはどうしたらいいか考える。竜族たちの襲撃に伴って、他の奴隷たちも解放されていくかもしれない。

　でもまだ、解放されない獣人たちもいるわけで。俺がここで逃げてしまったら、俺が今までやったことさえも無意味なものに変わってしまうだろう。

「――俺とお嬢様を見逃してくれないか」

　どうするべきか、その結論を出した俺は口を開いた。もしかしたらこのまま殺されてしまう可能性もあるだろうが、それでも俺はまだ止まれない。

「俺はお嬢様を助けた獣人として、人間たちの中に入り込む。これは人間が好きだからというわけではない。俺には目的がある。そのために俺は動いている。見逃してもらえるか？」

「……分かった」

俺はここで逃げるのではなく、もっと人間社会に入り込む道を選ぶ。そうして行動していけば、この状況の打破へ動いていけると信じているから。いや、絶対に変えてみせると誓っているから。

俺の言葉に、竜族は頷いた。

そして俺はお嬢様を横抱きして、屋敷から逃げ出した。

ミッガ王国内の内乱は続いている。奴隷たちは反乱を起こし、自由を求めている。

そんな状況下で、奴隷として人間に使役されている者たちは酷い扱いを受けている。奴隷たちが反旗を翻し、その結果、まだ捕らえられたままの奴隷たちへの扱いは悪化している。だから内側から俺は彼らを助けたい。

奴隷になった者たちは総じて、生気のない瞳をしている。人間たちに捕まった絶望から、前を向くことを諦めてしまっている。そんな中でこんな風に動いている俺は珍しいのだろう。

正直、心が折れそうだ。あの第七王子も行方不明になってしまった。行方知れずになっている第七王子は生死さえも定かではない。そんな状況で俺の思惑を知っている者は周りにはいない。王侯貴族たちに俺の危険な思惑を知られるわけにはいかない。

第七王子に関しては、死んではいない……となんとなく思っている。生きて、何かしらの行動を起こしているような予感がひしひしとしているのだ。時折諦めた方が楽なのではないかという気持ちに苛まれる。でも、俺は諦めたくない。

――反乱軍にとっても、俺は敵のように見えるだろう。お嬢様には気に入られているが、敵は多いと言える。

ただ、逃げ出してもおかしくない状況でお嬢様を助けて戻ったということで、裏切らない奴隷として人間たちには認識されているようだが。

「ふふ、ダッシャは本当に綺麗な顔をしているね」

「ありがとうございます」

お嬢様は相変わらず俺の顔を気に入っている。俺がお嬢様を助けてからというもの、余計に俺に対して心を許している、というか恋慕にも似た気持ちを抱いているようだ。

流石に身体の関係はないが、そういう関係を望んでいるのは見て取れる。正直、そんな事態になればこのお嬢様は貴族令嬢としての価値をなくすことだろう。

もしお嬢様に令嬢としての価値がなくなってしまったら、こうしてこんな風に動けなくなる。だからお嬢様がいくら望んだとしてもそういうことは絶対にしない。そもそも好いてもいない相手とそういう行為をしたいと思わない。

お嬢様のことを好きなふりをしながら優しくして、自分の立場を少しでもいいものにしようとしている。

そうやって演じるたびに、自分が汚くなっていくような気持ちになる。獣人の村で穏やかに過ごしていた時からは考えられないような暮らしだ。結局母さんと姉さんには会えていない。二人が生きていればいいのだが。

反乱軍による内乱が起こっているとはいえ、王侯貴族たちの力は強大だ。いくら反乱軍の者たちが数を増やしても、奴隷たちを解放していっても――それを圧倒出来るだけの力が国にはある。

加えて俺は会ったことはないが、ミッガ王国の王は反抗する相手に容赦のない男であるという。

これはお嬢様が言っていた。お嬢様は王に一度だけ会ったことがあるようだ。貴族の令嬢として謁見する場があったらしい。あとはお嬢様の両親の話から王がそういう相手だと分かるようだ。

「ダッシャも悲しいわよね。同じ獣人の者たちが私たちに剣を向けるなんて。私も悲しいわ。ダッシャと同じ獣人なら出来れば殺したくはないもの。私だったら上手に飼ってあげられるから、お父様に反乱軍はなるべく殺さないように交渉してみるからね」

ふふふと笑うお嬢様は、国が反乱軍に勝つことを疑っていない。反乱軍はあくまで弱い力を持つ者の集団でしかなく、王侯貴族にとっては取るに取らない存在である。屋敷が襲われたりしたものの、お嬢様にとってはすぐに鎮圧されるべき存在なのだ。

……俺としては鎮圧されたら困る。だけど、影響力がなさすぎるからどう動くべきか相変わらず悩んでしまう。

お嬢様のおかげで少なからず貴族たちと知り合いになることは出来たが……、俺がもっと獣人たちのために動くにはどうしたらいいのだろうか。

そんな風に考えている中で、予想外の人物が来訪してきた。

夜。

——空が暗くなった時間に、俺は屋敷内で眠っていた。そんな中でコンコンッとノックがされたのだ。

今、俺がいる場所は三階だ。お嬢様の部屋の近くの部屋で眠っていたのだが、驚いて窓を覗く。

——そこにいたのは、あの竜族だった。

驚いて声をあげそうになったが、なんとか留まる。声をあげてこの竜族が殺されてしまったら目覚めが悪い。

「——何をしに、ここに？」

「そう身構えるな。別に襲撃しに来たわけではない。お前に関心を持ったからここに来た」

竜族はそう言って、俺の方を真っ直ぐに見る。

「さて、お前は何を考えているんだ？」

そう問いかけてくる竜族に俺は、答えた。

◆

反乱軍の中で、相変わらず上手く立ち回ろうとしていた。

――この国を変えるんだという気持ちで。

そこに後悔はないが、こうして反乱軍に加わると自分の無力さを実感してしまう。そんな時に思い出すのは、ニーナにされた叱責だ。

動かなければどうにもならないと言ったニーナ。

ずっと父上の人形でいる道を選び続けていた俺にこれだけの行動力を与えてくれた存在。

ニーナは俺ほどの力があれば行動出来ると言った。けれど、俺はニーナが期待していたようには動けていないと言えるだろう。

今の俺を見たらニーナは俺に失望するかもしれない。反乱軍に入ったものの、結果が出せていない俺のことを。

父上や兄上をどうにかして、この国を変える。

そう決めたものの、中々動けない俺の元に二件の訪問があった。

一件は最近反乱軍に加わることになったという数名の男たち。

驚くことにこの者たちは、ニーナの手の者だという。もちろん、ニーナを巻き込むわけにはいかないので、今すぐニーナの元へ戻るように言ったのだが、彼らは聞きはしなかった。

自分の主はニーナだからと、そしてニーナの命令でここにいるからとそう言って。俺以外にはニーナの関係者だとばれないようにして動くと、そして万が一の場合はその命を失ってでもニーナに忠実にあり続けると言った。

彼らも、彼らに命令を下したニーナもとっくにもう覚悟しているのだ。例え、俺と一緒に今の立場から堕ちることになったとしても構わないのだとそんな覚悟がうかがえた。

俺はニーナのことを巻き込みたくなかった。

ニーナに俺を切り捨ててほしいと願った。

——だけど、彼女は俺のことを放っておいてはくれないらしい。

「……俺は切り捨ててほしかったんだが」

そう口にした言葉は本心だけれど、ニーナが危険にもかかわらず手を差し伸べてきたことを心のどこかで喜んでいる自分もいる。本当にニーナのことが大切ならば、今すぐにでも無理やりにでも追い返さなければならないのに。

——俺に万が一のことがあった時には、ニーナまで大変な目に遭うというのに。

「——ニーナエフ様は、貴方を大切に思っているからこそ自分から進んで手を差し伸べているのです。ヒックド様は、ご自分がニーナエフ様を巻き込んでしまったとお思いかもしれませんが、それは違います。ニーナエフ様が自分からヒックド様の事情に巻き込まれていったのです」

「ニーナエフ様はきちんと自分の立場を理解しています。それでもヒックド様を切り捨てることなど出来なかったのですよ」

ああ。なんて愚かなのか。——ミッガ王国の王の決定に背いているこんな俺の味方をしようとするなんて。

でも、一番愚かなのは俺だろう。俺はニーナが俺を大切に思い、そして切り捨てられずに、俺に巻き込まれに来ている事実に、心が歓喜している。

――ああ、ニーナ。君まで大変な目に遭わせるわけにはいかない。だから、俺は必ずこの反乱を成功しなければならない。失敗したとしてもニーナの手の者が俺の手助けをしていると悟られないように徹底しなければならない。

俺はそう決意した。

そして、二件目の訪問にはかなり驚いた。

「――お前が、ヒックド・ミッガか」

音もなく近づいてきたその人物の姿に俺の身体が強張ったのも当然だった。

そこにいたのは、竜族と呼ばれる種族である。俺の兄上が捕らえて、こき使った存在。そして反乱のきっかけとなった種族。

俺は王族で、彼らにとっては忌々しい存在でしかない。

もしかしたら俺は殺されてしまうのかもしれない。

……それにしてもこうやって簡単に侵入出来るなんて、この竜族はよっぽど隠密行動に長けているのだろう。

「そう、身構えるな。本当にあいつといい、お前も俺たちを警戒し過ぎだろう」

竜族の男は、そんなよく分からないことを言いながら話を続けた。

「――猫の獣人、ダッシャから頼まれてお前に会いに来た。――お前の返答次第では、俺はお前に協力することが出来る。さて、お前は何を成そうとしている？」

ダッシャの名前がここで出てきたことに驚いた。

獣人たちを奴隷から解放するために、貴族令嬢に気に入られようと行動し、仲間たちに疎まれてもその願いを叶えようとしていた獣人。

――彼もまだ、目的のために諦めることなく動いている。

その事実が俺の心を元気づける。

ニーナと、ダッシャ。

ニーナは俺の味方になると、俺に巻き込まれに来た。

ダッシャは諦めることなく、まだ行動を起こし続けている。

父上の言うことを聞くことしか出来なかった。そんな俺が行動した結果、繋がった二人。

「俺は――」

ダッシャがよこしてくれた存在ならと安心した俺は、笑って彼に対して答えるのだった。

4　少女と、持ち込まれた話

「これからも穏やかな日々を過ごせますように」

祭壇で今日も一人、神様に向かってお祈りをした。

——この祈りが神様に届いているのかは分からない。けれど、何もしないよりはいいだろう。

獣人たちはもう少ししたら子どもが出来やすい時期に突入するらしい。ガイアスたちの年代の子どもたちよりも小さな子がいなかったのは、その時期が過ぎたからだったらしい。もっと大きな集落だとそういう時期ではなくても子どもは出来るらしいけれど、この村はそんなに人数が多いわけではないから、そういう時期以外に子どもが出来ていなかったようだ。

小さな子どもが生まれると思うと不思議な気持ちになる。

私の周りには、今まで私よりも大人の人たちしかいなかった。生まれ育った村ではそういう小さな子に近づくのは許されていなかったし、ほとんど人と関わっていなかった。

そして捨てられたあとは、私よりも大人の人たちの傍でしか生きていなかった。

小さな子……私が近づいてもいいのだろうか。

それに子どもを産むというのは大変らしい。子どもを産む時に亡くなってしまうお母さんもいるらしい。……私のお母さんも痛い思いをして私と姉を産んだのだと思うと、ますます不思議な気持ちになった。

「子どもたちが無事に生まれますように」

――私はそんなことも神様に向かって祈った。

祈りを終えて祭壇の外に出たら、ガイアスとフィトちゃんとレイマーが私のことを待っていた。

「レルンダ、それでどこで試してみるんだ？」

「んー。村の端の方で」

私はガイアスたちと待ち合わせをしていた。

神子である私と、『神子の騎士』であるガイアスたち。そういう立場になった私たちがそれぞれ何が出来るのか確認してみようと思ったのだ。

これからのことに備えて、もっと神子の力と、『神子の騎士』の力を把握していきたいと思った。

私がそう提案にしたら、頷いてくれたのでこうして研究してみることにしたのだ。

ランさんは「何か出来るようになったことがありましたら教えてくださいね‼」と興奮したように言っていた。本当にランさんは研究が好きなんだなと思った。ランさんも出来うる限り見学すると言っていたのだけど、この前やってきたサッダさんたちのことで忙しいらしくて今回は不参加だ。

村の端っこの方の開けた場所に私たちはいる。

「まず、レイマーの出来ること」

「ぐるぐるるるる（大きくなった。力も強くなった）」

「うん。レイマー、色が変わって、身体が大きくなって、他のグリフォンよりも強くなったね」

ちなみに『神子の騎士』になった影響なのか、レイマーの言葉をガイアスやフィトちゃんは理解出来るようになっていた。他のグリフォンの言葉は通じないままだけれど。

そういうことが分かると、確かに私とレイマーとガイアスとフィトちゃんは繋がりがあるのだなと思った。

「ガイアスは、銀色に変わって、狼になれるようになった」

「ああ。そうだな。あとは最近ようやく魔法が少し使えるようになってきたぐらいか」

「フィトちゃんは、薄紅色に髪色が変わったけど、何が出来るか分からない」

「ええ。現状、何が出来るか不明だわ」

何かしらの変化が与えられている『神子の騎士』。

色の変化は全員に与えられていて、身体の変化はレイマーとガイアス。レイマーは身体が大きくなった。ガイアスは狼に変化出来るようになった。

ただフィトちゃんは——髪色以外に何が出来るようになったかは分からない。

「レイマーは他にも、出来ることがあるかもしれない。ガイアスの変化も、狼になるだけじゃないかもしれない」

狼の獣人の村を追われて、エルフたちと共に戦って、新天地でのバタバタがあって、少しずつ出来ることを増やしてはいるけれど、きっともっと考えることが足りていない。

気づいていないだけで、他にも出来るようになったことがあるのではないか。

「ぐるぐる（そうだな。もっと考えなければ）」

「だな」

「私は出来ることを探さないと……」

「うん。それにレイマーたちだけじゃなくて、私のことも。私は出来ることを増やしているつもりだけど、まだまだあるかもだから」

『神子の騎士』について出来ることを研究していかなければ、いざという時に困ってしまうから。

私は周りに影響を与えている。作物が育ちやすいこと、神聖魔法を使えること、グリフォンたちと契約を交わしていること、『神子の騎士』という形で影響を与えられること。

——だけど、他にもあるなら知らなければならない。知っているのと知らないのとでは何か起こった時の行動が異なる。

何か少しでも、私やレイマーたちの出来ることへの手がかりが見つかればいい。そう思いながら私たちは色々とやってみることにした。

「ガイアスは魔法を使えるようになってきた。レイマーと、フィトちゃんも出来ないか、試してみるのもありだと思う」

ガイアスは『神子の騎士』として変化してから、魔法を少しずつ使えるようになってきている。まだ空を自由に駆け回ることは出来ないけれど、宙に浮くぐらいは出来るようになったそうだ。私も空に浮いて移動することが出来る。フレネは風の精霊だし、私はやはり風とかに関することが得意なのだと思う。

レイマーは元から空を飛ぶことが出来るけれど、もし魔力を上手く扱うことが出来ればもっと他のことが出来るのかもしれないと思った。

「魔法って言っても……私に魔力なんてあるのかしら」

フィトちゃんは自分に魔力があるとは思えないようで、なんとも言えない顔をしていた。でもひとまずやってみると言った。

レイマーとフィトちゃんは魔力を感じようと必死になっている。

レイマーは割とすぐに魔力のようなものを感じることが出来たらしい。それで何か出来ないのか聞いてみたら、風を出現させられた。この魔力を使えば、今までよりもずっと速いスピードで空を舞うことが出来るかもしれない。今でも速いのにもっと素早くなるんだと思うと凄いなと思った。

「……私は、魔力が分からないわ」

フィトちゃんは戸惑ったようにそう告げる。

ガイアスにやった時のように私の魔力を流してみたけれど、フィトちゃんはいまいち分からなかったらしい。

「そっか。ならもしかしたら魔力がないのかも。でも分かんないからしばらくやってみてほしい」

「ええ」

「魔力を測る道具、あればいいんだけど」

サッダさんに聞いたらどうにか手に入ったりしないだろうか。今度聞いてみよう。

大きな商会のトップの人だって言っていたし、上手くいけば手に入るのではないかと思った。

「ガイアスは狼の姿になれる。得意なこととか、その人の特徴とかで出来ることが変わるのかなって思う」

得意なこととかで出来るようになることが異なるのではないかと思った。ガイアスが狼になれるのだって、獣人の先祖たちが姿を変化出来たと言っていたからだろう。

突然、何かが出来るようになるというより、『神子の騎士』になったその人のこれまでの生い立ちとか、どういう風に生きてきたかということも関係するのではないかと思っているのだ。

「じゃあ、私は歌と舞が得意よ」

「そうだね。歌唱会の時もフィトちゃん凄かった。それを磨けば何か出来ることが分かるのかなと思った」

「私の歌と舞が？　私たちにとって大切なものだから練習はずっとしているけれど……」

フィトちゃんは神の娘として生きてきた女の子だ。

なんの力もないけれども、民族の中で特別な存在として生き続けてきた。

そして真なる神子の歌と舞を受け継いでいる。

それが何か効果を発するのではないかと思った。

「ひとまずやってもらったらどうだ？」

「うん、お願い」

ガイアスの言葉に私はフィトちゃんの方を向いて、やってもらいたいと口にする。フィトちゃんは頷いて、舞を舞った。

やっぱりとても美しい。

今は歌唱会の時のような専用の衣装は着ていないけれども、どんな服を身に纏っていてもそれがとても美しいことは分かる。なんて綺麗なのだろう。

動きが洗練されていて、美しい。

ただその舞の間に何かが起こったりはしなかった。この美しい歌や舞が何か起こすと思えるのだけど……。

「やっぱり、何も起こらないわ」

「うん。でも、何かある気がするんだけど」

「ぐるぐるぐるるる（相変わらず綺麗な舞だ）」

神子という存在は不思議な部分が多い。世界に時折しか現れない神子の力を分け与えられた『神子の騎士』の記録をランさんは読んだことがあると言っていたが、それぞれが違う力を持っていたらしい。だからこそ、分からないことだらけだ。

もっとこれが出来る、というのが明確に分かっていればやりやすいのだけど。分からないことが多いから私はいつも手探りでしか何が出来るか探せないでいる。

「……フィトちゃん、とりあえずもう少し舞やってみてもらっていい？　疲れるかもだけど」

「大丈夫よ」

フィトちゃんにまた舞ってもらうことにした。ただ今回は、黙って鑑賞をするのではなく、私、レイマー、ガイアスはそれぞれ自分の出来ることを磨くための練習をすることにした。

フィトちゃんが舞を舞っている間に、風の魔法を一つ完成させる。

気のせいかもしれないけれど、少しだけいつもより魔法を行使しやすかった気がする。それに想像しているよりも、なんだか威力が少し強かった。

勘違いだろうか、と思いながらもフィトちゃんをちらりと見る。

美しい舞を軽いステップで舞っている。

次にドングさんからもらった短剣を振ってみる。強くなるための練習として少し前から素振りを始めたのだ。前に振った時よりも軽く感じる。

……気のせいだろうか。

そんなことを思っていたら、フィトちゃんの舞が止んだ。その間に短剣を振るう。やっぱり、さっきより重い気がする。

「……ねぇ、フィトちゃん」

勘違いかもしれないけれど、私はフィトちゃんが次に舞を始める前に話しかけた。

「レルンダ、どうしたの？」

「……フィトちゃんの舞って、他に影響するものじゃない？」

「影響するもの？」

「うん。そんな気がするの。気のせいかもしれないけれど、フィトちゃんが舞を舞っている間、少しだけ魔法が使いやすかったように思えたの。だから、フィトちゃんの力って、誰(だれ)かに影響を与えるようなものなのかなって思った」

フィトちゃんは私の言葉に不思議そうな顔をしていた。自分にそんな力があるだなんて信じられないといった表情を浮かべている。

フィトちゃんは、神の娘と呼ばれていたけれども実際はなんの力も持っていない女の子だった。

そのことを自覚した上で、神の娘として存在していた。

だからフィトちゃんは自分に特別な力があることが信じられないのかもしれない。私が自分が神子だということを信じられなかったように。

一人では分からない力というものがきっとある。フィトちゃんの力が、私が想像しているような周りに影響を与えるものだったのならば、自分では認識(にんしき)出来ない力だと思う。

むしろ、周りが強くなったと勘違いして、フィトちゃんの力だとは気づかないような分かりにく

いもののように見えた。

私は神聖魔法が使えて、契約獣たちや精霊と契約を交わしている。

レイマーは身体が大きくなって、目に見えて強くなった。ガイアスは狼に変身出来るようになったし、分かりやすい変化が見えた。

でもフィトちゃんの力が自分ではなく、誰かに影響を与えるものだとしたら、レイマーやガイアスたちの力とはまた違う力だと思う。

ランさんの考察によれば、神子がいる地は食物が育てやすくなったり、安全だったりとするというのだから、私にも誰かに影響を与える力はある。

『神子の騎士』っていうのはそもそも神子から影響を与えられて力を得る存在だ。

そう考えるとフィトちゃんが誰かに影響を与える力を持っているのもしっくりくる気がする。

「そうなの……？」

「うん。意識してやってみたらもっといいかも。私がお願いするような感じにしてみたら変化が起こりやすいかも」

フィトちゃんは本当に自分にそんな力があるのか、と目を瞬かせている。ガイアスとレイマーもその話を興味深そうに聞いていた。

「意識って、どんな風に？」

「うーんと、魔法が使いやすくなりますようにとか、身体能力が上がりますようにとか。具体的に意識してやったら、効果が出やすいのかなって」

「そう。じゃあ、魔法が使いやすくなるように……と意識してやってみるわ」

「うん」

フィトちゃんは、早速舞を始めた。真剣に舞うフィトちゃんは、魔法が使いやすくなるようにと意識してくれている。ならば、魔法を使ってみよう。

魔力を込めて、風を操ってみる。すると身体を浮かすことも、空中を動くことも、いつもよりずっと楽だった。

魔力消費も少ないように感じられた。それに先ほどよりもずっと顕著にそれが出ていた。

「フィトちゃんっ」

凄いと思ってフィトちゃんの方を振り返れば、フィトちゃんは舞をやめて座り込んでしまっていた。

「ど、どうしたの？」

「……意識してやったら、何かが抜けていった気がしたわ。これが、魔力？」

フィトちゃんは息切れを起こしてしまっていた。

「ぐるぐるるる（大丈夫か。少し休んだ方がいいのでは）」

「フィトが踊っている間、魔力を動かしやすかった。凄いな」

レイマーとガイアスもフィトちゃんの方へ近寄って、そう言った。

フィトちゃんの誰かに影響を与える力は、魔力消費が激しいのかもしれない。それとも、フィトちゃん自身の魔力量が少ないのかも。……魔力量を測れるものがあった方がやっぱり便利な気がする。

「フィトちゃん、一旦休んだ方がいい。ごめんね、無理させちゃって」

「気にしなくていいわ。私にも、そんな力があるんだって分かって嬉しいわ。……今まで名ばかりの神の娘だったけれど、こういう力があるならやりやすいもの。それに、レルンダの力になれるのは嬉しいから」

無理して舞わせてしまったことを謝ると、フィトちゃんは地面に座り込んだまま小さく笑ってくれた。

「この力、上手く使いこなせるようになったら役に立つわ。きっと。だから、私、これから頑張るわ」

「うん」

フィトちゃんの言葉に私は頷く。

それからフィトちゃんは力が入らないということで、見学をしていた。私、レイマー、ガイアスはフィトちゃんが見学する中で、それぞれ何か出来ることがないかと模索していったのだった。

その日はフィトちゃんが舞を舞うことで周りに影響を与えられること以上の発見はなかった。

早速終わったあとにランさんに報告をすると、ランさんはとても興奮していた。ランさんは本当に、知らないことを知ることが好きだ。

◆

ガイアスたちにどんな能力があるのかという研究をしたり、ランさんとお話しをしたり――、そんな日常を過ごしている中で、改まった様子で翼を持つ者たちが私に話しかけてきた。

翼を持つ者たちは、時々私の傍にいる。

私に何かを感じているであろう彼らは、特にこれといった行動を起こしたりしていなかった。ただ私の傍に控えている。

彼らと出会って、それなりに時間は経過しているけれども私には彼らの真意が分からない。

ただ、この大切な場所にとって悪いことにはならない予感はある。だからこそ、彼らがこの村に時折訪れることが許されている。この村を害する行動を起こしていないから。

ところが今日は急に私に提案をしてきたのだ。

「――少女よ、俺たちの神が少女に会いたがっている」

翼を持つ者たちは、初めて出会った頃のシレーバさんたちのように私の名を呼ばない。彼らにとってみれば、人間も獣人も同じ存在という感覚がないのだろう。私のことは、少女や娘と呼び、他の人たちのことは人間や獣人としか呼ばない。

翼を持つ者たちからの言葉に私は驚いた。

――俺たちの神。

そう、ビラーさんは口にした。

私を見ていると神を見ているような気分になると、前にビラーさんは言っていた。そして私を見ていると放っておけない気持ちになるとも言っていた。

そんな神様が、私に会いたがっているという。

「ぐるぐるるるるる（神様がどんな存在か分からない。危険かもしれない）」

「ぐるぐるるるっ（そうよ。危険かもしれないわ）」

私と共にいたグリフォンのカミハとリルハの夫婦は、突然のビラーさんの言葉に警戒するような言葉を口にした。

ビラーさんの言う神様がどんな存在なのか私は知らない。

確かに危険なのかもしれない。

だけれど、翼を持つ者たちに感じているのと同じように嫌な予感はしない。

それに彼らのことを知り、彼らとの距離を縮めることが出来たら――、翼を持つ者たちとだって仲間になれるかもしれない。仲良くなれる可能性があるのならば、私は仲良くなりたいと思う。

「……ビラーさん、危険はない？　グリフォンたちが心配してる。神様から来ることは出来ないの？」

恐れ多い言葉かもしれない。でも、グリフォンたちが心配しているというのもあって、私はひとまずそう問いかけた。

「ぐるっ（レルンダっ）」

「ぐるぐるるるるるる（村に来られても危険かもしれない）」

二頭は本当に大丈夫なのか、とでも言うように声をあげている。ビラーさんにはその声が聞こえないのもあって、ぐるぐるっと鳴く二頭を警戒したように見ていた。

「……大丈夫。嫌な予感はしてないから。それで、ビラーさん、どう？」

「こちらに神が来られるのは難しい。出来れば少女に来てほしいのだが……。俺たちの神が望んでいることなのだ。俺からは、頼むから来てくれとしか言いようがない。あと危険はない。それは保証しよう。神が気にしている存在を危険な目に遭わせるわけにはいかない。神も少女に危害を加える気はない。神にとって俺たちのような者は取るに足りない存在だ。何かすることはない」

ここには来られない。そして危険はない。とビラーさんは言う。

それにしても取るに足りない存在って、その神様は遥か高みにいる存在なのだろうか。

グリフォンたちも獣人たちに神様として崇められているけれども、ビラーさんの言い方だともっとずっと凄い存在のことを指しているように感じられた。

「……行きたい」

「ぐるぐるるっ（レルンダっ）」

「でも、周りに相談してから。私はビラーさんたちの神様に会ってみたい。けど、一人で勝手には行けない。それに私だけで行くことも出来ない。行くとしても誰かついてくると思う。それでも、いい？」

私は行きたいと思っているけど、それでも勝手に行動するわけにはいかない。

「それはもちろん、構わない。何人連れてこようとも俺たちの神は揺るがない。神の元へ行くことになるのならば、俺たちの集落に一度寄ってからになる。人間や獣人にとってはキツイ道中になるかもしれない。出来れば早くしてほしいが、神にとって少しの差は気にならない。だから、行くことを決めたらこちらに言ってくれ」

ビラーさんはそう言ってくれた。

なので私はランさんやドングさんたちに相談しに行くことにした。

それにしても、翼を持つ者たちの神様ってどういう存在なのだろうか。

「翼を持つ者たちの神様のところに行くのですか？　それは危険ではないですか？　彼らは私たちのことはどうとも思っていませんが、レルンダのことは特別に思っています。もしかしたらレルンダを帰さないつもりなのではないでしょうか……」

「嫌な予感はしないから、大丈夫だと思う」

早速相談をしたら、ランさんは心配そうに口を開いた。

私は考えもしなかったけれど、私のことを帰さないという選択肢もありえるのかと思った。でも嫌な予感は全くしていないから、大丈夫だと思うんだけどな。

ドングさんもシレーバさんも、オーシャシオさんも難しい顔をしている。

「レルンダが嫌な予感がしないと言うのならば、悪いようにはならないと思う。だが嫌な予感がしないとはいえ、何かが起こらないとは限らない。もちろん、レルンダの勘を信頼していないわけではない。それに助けられてもいる。ただ、心配はしている」

「そうだの。我もあ奴らが何を考えているかは分からない。何かを起こそうとしている可能性も十分あるだろう。昔の我らのように」

「そうだな。俺たちはあやうく、シレーバたちに生贄にされるところだったしなぁ……。とはいえ、このままあの連中が訳の分からない存在でいるよりも、その神様ってやつを確認してみた方がいい気もする」

それぞれが言う。

私の嫌な予感がしないって感覚は外れたことはないけれど、それでもその感覚は万能ってわけではない。そもそも私が万能な存在だったのならば、何一つ悪いことなど起こるはずがない。私は神子だけれども、それでも全てが分かるわけでもないし、全てをこなせるわけでもない。

だからこそこうして大人に相談をしている。私一人では、間違った行動を起こしてしまったりするかもしれないから。

「……正直、心配なので行ってほしくないという気持ちが強いですが、オーシャシオさんの言う通り、このまま彼らのことが分からないままでいるのはこの村のためにはなりません。村のためを思うのならば、貴方に行ってもらうことが一番いいのでしょう……」

「ランさん、私、大丈夫だよ。心配しないでも。無茶はしない。それにビラーさんが、他の人たちも連れて行って大丈夫だって言ってたから」

この村のためには私が神様と会った方がいいのだ。翼を持つ者たちのことを知っていった方がいいのだ。

そのうえで敵になるのか、味方になるのかは分からないけれども、情報を得て損になることはない。

ランさんは心配性だ。ううん、ランさんだけではなくて、ドングさんたちだって。

私が神子だって知っているのに、当たり前みたいに普通の子どもと同じように心配して、気にかけてくれる。

神子であるということは、普通とは違う扱いをされてもおかしくないって、昔ランさんが言っていた。でも村の皆は違う。そういうことを感じるたびに、皆のことが大好きだなって気持ちが心に溢れてくる。

「そうですね……。行くとしても、私やドングさんは村のこともあるのでご一緒できません。グリフォンたちやスカイホースのことも出来れば、全員は連れて行かないでもらえると助かります。神子であるレルンダが外出している間に、何かが起こらないとは限らないので、少しでも戦力を残してほしいのです。恐らく、大丈夫だとは思いますが……」

「うん。全員は連れて行かない。グリフォンを二頭と、フレネを連れて行きたいと思う。フレネのこと、ビラーさんたちは見えないから」

「了解しましたわ。他に誰を連れて行くかはこちらで判断します。それとレルンダ、一つ、約束をしてください」

「約束？」

「ええ。私はレルンダが行きたいと言うのならばそれを止めることはしません。ただ、無事に帰ってきてください。元気な姿を私にまた見せてください。それだけは、約束してほしいのです」

ランさんはそう言って、私のことを真っ直ぐに見る。

「……うん。大丈夫。それは約束する」

死ぬつもりはない。彼らの神様がどういう存在かは分からないけれど、危険だと感じたら引き返そうとも思ってる。だから、大丈夫だよって意味を込めてランさんに笑いかけた。

「よし、じゃあ俺もレルンダと一緒に行こう。ガイアスも連れて行こうぜ」

「ガイアスも？」

「ああ。ガイアスが狼になれるってあいつらは知らないだろ？　もし何かあった時に意表をつけるかもしれないだろ？」

オーシャシオさんの言葉に確かになぁと思った。

獣人は一般的に狼の姿になれるものではないし、突然ガイアスが狼の姿になったら、ビラーさんたちも驚くと思う。

それに、オーシャシオさんがついてきてくれるのなら心強い。

「我の方ではエルフから若いのを行かせよう」

「あとはそうですね。民族の方からも人を出せるかもしれませんが、そのあたりは誰をついていかせるか決まったらレルンダに伝えますね」

「うん、分かった」

私は返事をしたあと、どのグリフォンを連れて行くか考えようとグリフォンたちの元へ向かうのだった。

幕間　猫は、内側に入り込む／王子と、反乱　3

竜族の訪問を得てしばらく経ったある日のことだ。

「第七王子殿下が行方不明になっているようだわ。なんて恐ろしいのかしら」

お嬢様が嘆き、ちらりと俺のことを見る。その視線からお嬢様が何を求めているのかを察して、俺はその望むままに話しかけた。

「お嬢様、そんな表情をしないでください。俺はお嬢様が笑ってくださるのが嬉しいです。俺がお嬢様のことを必ず守りますから」

俺がそう言って笑えば、お嬢様も満足そうに笑った。顔を赤くしている。

正直、お嬢様にいい感情など一切抱いていないから気持ち悪さを感じるけれども、これも仕方がないことである。

そういえば、あの竜族には俺の本音を口にした。そして第七王子の生死を確認し、手助けをしてほしいと頼んだ。

竜族ならば第七王子のことを見つけられるのでは――と思ったからである。

あのあと、一度だけ竜族はこちらにやってきた。お嬢様にばれないようにである。竜族である彼らは身体が軽く、強靭な肉体を持っている。だからこそ、人の身では難しいような場所にも簡単に入り込むことが出来る。三階にまでやってこられたのは竜族だからだ。

第七王子は生きていた。そして反乱軍の中でこの国を変えようと行動を起こしているようだ。竜族の助けで魔法を以前よりも使いやすくなっているらしい。

――その後、竜族はこちらに来ていないから実際どのように動いているのかは分からない。けれども、第七王子は竜族の助けを借りて、力を得た。――ならば、きっと第七王子が何かしら国に対して行動を起こしてくれているだろう。

それならば俺だってもっと行動を起こしたい。

国の内側に入り込むために、どんな行動を起こすべきだろうか。お嬢様の信頼は得ている。けど、それだけではどうしようもない。

「お嬢様、俺はお嬢様の不安を取り除きたい。だから――、俺が反乱軍を制圧する軍へ入るのを推薦してくれませんか」

俺はお嬢様の手を取って、真っ直ぐにお嬢様の目を見て投げかける。

お嬢様は目を輝かせて、俺を見る。まるで気分は王子に守られるお姫様か何かなのかもしれない。俺が王子様とか鼻で笑いたくなるようなことだったけど、まぁ、夢を見てもらった方が丁度いい。

お嬢様が進言をしてくれて、俺はミッガ王国のために動くことになった。

ミッガ王国の連中は猫の獣人の俺が反乱軍を制圧する軍に入ったことを訝しんでいたが、俺がお嬢様に絶対服従な態度を示し、獣人を痛めつける真似を見せたらひとまず納得してくれたようだ。

国の内部にもっと入り込むことが俺にとって重要だから、心が痛んだが仕方がない。

「――反乱軍の討伐に向かえるか？」

「はい」

そして俺の覚悟を確認するために、そんなことを問いかけられた時に俺は迷わず頷いた。

例え、あとから何かを言われることになったとしても――、裏切り者と罵られ続けることになったとしても――、それでも反乱を成功させるために、あえて俺は反乱軍の討伐に行く。

そして目の前の男たちの信頼を勝ち取って、情報操作をする。つまり、反乱軍の討伐に参加するように見せかけて、裏で反乱軍が成功するように手を回すのだ。

その過程で……、獣人を殺さなければならなかったとしてもそれでももう、俺はやると決めたんだ。

なんの手も汚さずに、望みが叶うなんてことはありえない。

獣人たちがこの国で前を向いて過ごせるように、奴隷になることなく過ごせるように俺は動く。

……第七王子が反乱を成功させればそれでよし。もし第七王子が反乱を成功させなかったとしても――、後々に繋がるように内側から、俺はこの国を変えるために動く。

お嬢様もいい仕事をした。

俺が反乱軍の討伐に向かうにあたって、「ダッシャに同じ獣人を討伐させるなんて可哀想じゃない」と口にした。おかげで「この国に牙をむく薄汚い獣人たちを討伐して、お嬢様を安心させます」と思ってもない反吐が出る言葉を口に出来た。堂々とそんなことを言い放った俺が、反乱を成功させたいと考えているなんて思わないだろう。もっと俺への疑いをなくさせて、食い破るために……。

いくら心が痛んでも、苦しくても――それでも俺の行動が獣人たちの未来に繋がるというのならば、俺はいくらでも自分の手を汚そう。

竜族も俺の手助けをすると言ってくれたし、覚悟を決めて俺は反乱軍の討伐に挑んだ。

――まずは人間たちの信頼を得なければならない。俺がこの国のために動くことをちゃんと示すために、俺は反乱軍の者を二人ほど殺した。

必要なことだった、とはいえ気分がいいものではない。これで俺はミッガ王国に忠実な者だと示すことが出来ただろう。

殺した獣人にも家族がいるだろう。だからこそ、そのことを考えると心苦しいが、それでも俺は止まらない。

国からの信頼を少しでも得られれば、獣人たちを解放するために動きやすいだろう。情報を得て向こうに流すのもよし、奴隷となった獣人たちの状況をよくするのもよし、どちらでも動けるだろう。

俺は捕らえられた獣人たちを解放するためにも、俺が出来ることを行う。俺一人の力でどれだけ行動が出来るか分からないけれど、それでも俺は出来る限りのことをする。国から信頼されれば、それだけ動きやすいから。

◆

「俺の言うことを聞いてもらう」

俺は自分のことをよく思っていない連中を力でねじ伏せた。

それが正しいことなのかは分からない。けど、この反乱を本当の意味で成功させるためには、俺はやらなければならない。

俺が行動出来たのは、竜族たちの助太刀があったからだ。

竜族は、俺の味方をしてくれると言った。俺が王子だということでいい顔はしていなかったが、異種族を力ずくで奴隷に落としている状況をどうにかしたいと伝えると、信じてくれたようだった。

その竜族は、協力する証にと精霊石と呼ばれる魔法を使いやすくする道具をくれた。

精霊という未知なる存在に関わるものだというのは分かるが、精霊石がどういう原理で生まれるのかは分からない。

この水の精霊石は竜族の長の所有物で、昔から伝わる大切なものとして大事に取ってあったらしい。ただ、竜族に水の魔法を使うことが出来る者はほぼいないので、使われることのない宝だったそうだ。

そんな大事なものを俺に預けてくれたことが嬉しかった。

その精霊石のブレスレットを身につけているおかげで、俺は前よりも大規模な魔法を使えるようになっていた。

その魔法を使って、反乱軍の上に立つことを周りに認めさせた。

文句なんか言わせない。俺はやると決めたんだ。それに、ニーナのことも巻き込んでしまったのだから……俺はやりきらなければならない。

「……ヒックド様、反乱軍をまとめ上げたことは素晴らしいですが、これからどうなさいますか」

「そうだな……。本当は物騒な真似で反乱を治めたくはない。でもそんなことを言っていたら、反乱を成功させることなんて出来ない」

本当は、もっと穏便に済ませたい。けど、そんな甘ったれたことを言っていたらこの反乱は終わらないから。

今まで俺には力が足りなくて、反乱軍もまとまっていなくて、どうするべきか悩んでいた。

だけど、水の魔法という力と竜族の手助けがあるのならば、多少無茶をすればどうにか動くことは出来るだろう。

俺が王になるためには、父を、そして兄を、家族をどうにかしなきゃならない。

まずは、話し合いを求める。

兄上たちがこちらの味方をするというのならばいいが、一欠片でも俺の味方であろうとしないと思えたならその場で殺す。……味方のふりをして父上に密告する可能性もあるので、油断は出来ない。

俺を信じてくれた元奴隷たちと、俺が巻き込んでしまったニーナたちの期待を裏切ることはしたくない。だから怖くても、成功するか分からなくても、俺はやる。

ただ父上の言うことだけを聞いていた頃の俺が、今の俺を知ったらきっと驚くだろう。

そんなことを思いながら、俺は反乱軍たちと話し合いをした。その結果、まず第六王子の兄上を誘い出して、話し合いをすることになった。

そして、それが決行される。

反乱軍がいるという情報を流した結果、第六王子が討伐をしにやってきた。人数が多いと相手に出来ないので、少人数だけを俺を囮にして誘い出した。

兄上は俺のことを見て、驚いた顔をした。だけど、馬鹿にしたような表情を浮かべて、俺に向かって笑いかける。

「――俺に反乱軍に協力しろ？　何を馬鹿なことを。しかし、父上の人形のお前がこんな真似をするとはねぇ……。かははっ、今すぐ諦めて戻ってきて父上に命乞いをするのならば協力してやろうか？　俺の靴でも舐めるのならな」

兄上は、俺を心底馬鹿にしたような様子でそう言った。

薄々(うすうす)感じていたことだが、やはり兄上との交渉(こうしょう)は上手(うま)くいかなかった。兄上は、少人数の護衛しかいない状況でも俺を下に見ていて、俺のことをどうにでも出来ると思っている。

俺はあくまで兄上たちにとってみれば、父上の言うことを聞くだけの、自分の意思のない人形であるのだ。

だからこそ、俺には人を殺すことが出来ないと、そんなことが出来ないぐらい甘ったれていると、そんな風に思い込んでいる兄上に示さなきゃならない。

俺は決意して、兄上に魔法を使った。

小さく言い放った言葉は、練られた魔力(まりょく)は、魔法を使えない兄上には感じ取れないものだっただろう。

「何を言っている?」

その馬鹿にしたような一言が、兄上の最期(さいご)の言葉になった。

精霊石によって増幅(ぞうふく)した魔力が、水の刃(やいば)となって、兄上の首をはねた。

魔法で相手の首をはねたのは初めてだった。……いや、そもそも俺は王子として自分自身で誰(だれ)かを手にかけること自体、やってこなかった。ただ父上に命じられるままに、下に命じていただけだ。

村の場所を吐(は)かなかったあの狼(おおかみ)の獣人も――俺が直接手にかけたわけじゃない。

兄上を殺してしまった。精霊石の力とはいえ、そんな力を俺が手にしたことが恐ろしく感じる。

けど、そんな気持ちを感じている暇はない。

兄上が死んだことで、声をあげて襲いかかってくる護衛たちも殺した。

——もっと何かいい方法があったのではないかという後悔もあるが、いちいち立ち止まっていたら王である父上相手に反乱を成功させるなんて出来ないのだから。

夜に寝る時には、兄上の死に顔が頭をよぎって中々寝つけなかった。けど、睡眠をとらないのは問題なので、なんとか眠った。

——今回は上手くいったが、次は上手くいかないかもしれない。だが、兄上たちが俺のことを侮っているならば、なんとか出来るかもしれない。

これから何人の命を俺は手にかけるだろうか。王になるまでにどれだけの人数を。いや、王になったらきっと甘いことなんて言ってられない。今まで以上にそんなことは言ってられなくなって、たくさんの人を手にかける可能性がある。

……そんな道を俺は選んだんだ。自分の頭で選んだ道だ。だから、もう迷わない。迷ってなんていられない。

——そして俺はその後、また違う兄上の元へ話し合いに向かうのだった。

侮られているうちに、兄上たちを殺す。

俺はそう決めて、次々に行動を起こしていった。

兄上たちは誰一人として、俺に賛同しなかった。兄上たちは父上の考え方に染まっている。……むしろ、無理やり抵抗する者たちを奴隷に落として、人としての扱いをしないことを疑問に思う俺の方がミッガ王国の王子としては異端である。

第七王子という、位の低い王子であり、王である父上と親子としての会話もそこまでしてきたわけではない。父上が命令をして、俺が実行をする。それだけの関係だった。距離が遠かったからこそ、俺は今のような考え方が出来るようになったのだろう。

放っておかれて、王位から程遠い王子だったからこそ、王に染まるような考えを植えつけるような者が俺の周りにはいなかった。

逆に兄上たちは、母親の身分も高く、そういう連中が周りにいたからこそ、王の考え方に染まっていたのだろう。

――とりあえず兄上たちは、問答無用でこの手で殺した。

あと残る王族は、父上とその妃たちと、そして王女二名ほどだけだ。

父上を殺せば終わり――なんて、そんな都合がいいことは考えていない。

俺が行動を起こし続けたことで、反乱軍はまとまってきていると言えるだろう。

もちろん、反乱が全て上手くいっているわけではない。少なからず、犠牲はある。

――あの猫の獣人は、あえて、王国内に入り込んでいるようだ。それを裏切り者と周りは言うが、

俺はそうは思っていない。獣人を手にかけたりもしているようだが、それでもあのダッシャが獣人

を本当の意味で裏切っているとは思えないのだ。

多分、こうして動きやすくなっているのもあいつの動きのおかげも少なからずあるだろう。

たった一人、だけれども一人だけだったとしても周りに確かに影響(えいきょう)を与(あた)えるのだ。むしろ、その最初の一人が動き出さなければ、事態が動くことなんてありえないと言えるだろう。

次は、父上を殺す。

「──父上を殺す」

それがきっと始まりになるだろう──。

その始まりを以(も)ってして、この国がどんな風に動くか分からない。

けれど、俺は俺が望むように行動していこうと思う。

流石(さすが)に父上を殺すためには、反乱軍だけの手では厳しい。王子たちが姿を消していったことで父上は警戒(けいかい)しているから、不意打ちで殺すのは難しい。

だからこそ、反乱を起こす中で表立って行動に加わっていなかった竜族たちの助けを借りる。

俺があいつらに差し出せるものなんてそうはないけれど、何を言われたとしても助けを借りて行動を起こす。

俺と竜族たちは決して仲間であるわけではない。協力してくれてはいるが、どこまで味方でいてくれるかも分からない。

けれど、ここまで来たならやるしかない。

なるべく犠牲を少なくして、早めに終わらせること。

俺の目標はそれだから。

そのためには、なんだって行おう。俺の目的を叶えるために――。

父上を殺して王になる。そのことを考えた時、ニーナを思う。ニーナは俺に関わることを決めた。

ニーナは俺の元へ人をよこしてくれた。ニーナは俺のことを思ってくれている。俺はそのことを嬉しいと思っている。

だけど――、俺は家族を殺して、王になろうとしている。今は順調だけどこのまま上手くいくとは限らないから。

反乱軍が成功しようとも、成功しなくても、生き延びることが出来たらニーナとちゃんと話さなければならないだろう。

その後、竜族がやってきたタイミングで王を襲撃(しゅうげき)する計画を伝えた。断られることも考えていたが、驚くことに竜族たちはすんなりと俺の提案を受け入れた。

「親族を殺してまで叶えようとする、その本気を見せられたからな」

そう、竜族は言った。


――それから、二週間ほどあと。

俺は竜族の協力を取りつけて、父上を襲撃した。

父上の周りにはたくさんの護衛がいた。その護衛たちも必要であれば、殺すことを決めていた。

なるべく殺したくはないが、父上を殺すにあたって、そんなことは言っていられない。

「何を――」

「ヒックド様⁉」

俺の顔を知っている者だっていた。

――俺によくしてくれた人だっている。

けど、だからといって、もう動き出した歯車は止められない。

「ヒックド、貴様、何をしている⁉」

「俺は、この国がこのままでいいとは思わない。俺は俺の目的のために、父上を殺します」

そして目を見開く父上の目を真っ直ぐに見据(みす)えて、俺は父上に刃を突き立てたのであった。

5　少女と、翼を持つ者たちの神様

「では行こうか」

「うん。ビラーさん」

翼を持つ者たち――ビラーさんたちの集落にまずは向かうことになった。

集落にたどり着いたあとに、ビラーさんたちの神様の元へ行く。今回、私と共に集落まで向かってくれるグリフォンはリルハとカミハの夫婦である。娘であるルミハを置いていっていいのだろうかと思ったのだが、ルミハ自身に「ぐるぐるるるるっ（私は一人でも大丈夫）」と言われてしまった。

レイマーには「ぐるぐるるるるっ（無茶をしないように）」と何度も言われた。皆、私のことを心配してくれている。

そんな皆に私は「大丈夫だよ」と笑った。

これからビラーさんたちの神様の元へと向かうけれども、彼らが敵であるわけではない。何を考えているのか分からない部分もあったりもするけれど、以前倒した植物の魔物のように明確に倒さなければならない相手ではない。

もし、翼を持つ者たちが敵になった時、私は対抗出来るのだろうか。そういう予感はしていないから大丈夫だとは思うけれども、時々考えてしまう。

リルハとカミハ以外には、オーシャシオさんを含む獣人の人たちやガイアス、エルノからは若いエルフが数名共に行くことになっている。

民族の人たちに関しては、フィトちゃんが行くと民族の方でまだ統制が取れない可能性があるのと、他の民族の人を連れて行くのもとフィトちゃんが難色を示したため来ていない。

私を含めて、七人+グリフォン二頭とフレネ。そして案内役として迎えに来てくれた翼を持つ者たちという人数での移動だ。

ランさんたちはもっと連れて行かせたがっていたけれども、探索で何人も出かけている人たちが戻ってきていない状況なのでこれでもぎりぎりの人数だ。

流石にこれだけの人数を連れて飛翔して集落まで連れて行くのは難しいらしく、山の上まではほぼ歩きで向かうことになっている。

翼を持つ人たちだけなら飛行を繰り返して集落までの道を短縮出来るらしいけれど、降りるのは簡単でも、昇るのは大変だそうだ。行き来は出来るとはいえ、そんな距離を往復してまで私が気になるからと村までわざわざ足を運んできていたことを考えると、彼らは私が思っているよりも私のことを気にしてくれているようだ。

彼らにとっての神様は、どうして私に会いたいと言っているのだろうか。

そしてそれは、彼らが私のことを放っておけないと感じている理由に繋がるのだろうか。

そんなことを考えながらも私は足を進めた。

昔よりも、身体を動かしたり、身体強化の魔法を使ったりしているから、疲労は感じるものの足を進めることは出来ている。

山を登るのは初めてのことなのでなんだか新鮮な気分だ。山道は簡単にだが、整えられている。その道を私たちは歩いている。

「魔力の流れがいい山だわ」

「そうなの？」

「うん。私はこの山好きよ。でもこれって全部が自然なわけではないと思う」

「どういう意味？」

こそこそと私はフレネと会話をしている。

ビラーさんたちは獣人ほど耳がいいわけではないらしく、少し後ろでこそこそ話している私の声は聞こえていないようだ。

「元々、この山の魔力はとても綺麗な流れを持っているとは思うのだけど……。それにしては綺麗すぎるもの。ほら、あの植物の魔物があのあたりの魔力を乱していたでしょう。多分、それと逆のことを何かがやっているのではないかと思うの」

フレネはそう言って、エルフの肩にいる他の精霊の方を見る。その精霊たちもこちらの話を聞い

ていて、頷く仕草をしている。

精霊たちにはそういうものが感じられるのか。私にはちょっと難しい。そういう自然の中の魔力の流れを感じるのが得意なのは流石精霊だと思う。

それにしてもあの植物の魔物は、魔力を乱して、あの場で精霊樹が育てられないほどにしていた。

逆にこの場では何かが、あたりの魔力を綺麗に整えている。

「その何かが敵でなければいいの。魔力を乱すよりも整える方が難しいから。土地の魔力を乱すのは、言ってしまえば魔力と時間があれば誰でも出来ると思うの。私も時間をかければ乱すことは出来ると思う。だけど、こんな風に綺麗に整えることは私には出来ない」

フレネはそう言って続ける。

「こんな風に自然の魔力に干渉して整えるのって一瞬だけならともかく、ずっとやるのは難しい。それに下手に手出しをすると逆に魔力を乱してしまったりする……。そのことを考えると、この魔力を整えている何かを私は敵には回したくないと思う」

自然の魔力への干渉。それは精霊が出来ないと言うほどのものなのだ。乱すのは簡単だけど、整えるのは難しいのだと。それを成している相手を敵に回したくないとフレネは断言した。

それはビラーさんの言う神様なのだろうか。それとも……、もっと別の何かなのだろうか。

現状では正確には分からないけれども、その何かが私たちにとって悪いものでなければいい。そんな風に思った。

山の上の方へ向かうにつれて、私たちは息苦しさを感じてきたというのもあって最初の頃よりもペースが落ちた。

翼を持つ者たちが私たちのようになっていなかったのを考えるに、山の上の方でも生活出来るように順応しているのだろう。

精霊であるフレネは全くそういう影響を受けていないようだったけれども、グリフォンたちも少しきつそうにしていた。

一日で行ける行程ではなかったので、途中で野営をしながらの移動になった。

ビラーさんたちが言うには、こうして野営をしていると猿や鹿のような姿をした魔物が襲ってくることも多いらしい。だけど、私たちが野営をしている間、そういう魔物の襲来はなかった。そのため、ビラーさんたちは「不思議だ」「運がいい」などと口にしていた。

これも神子としての力なのだと思う。本来なら私たちが村を作っている森も、ビラーさんたちが住んでいる山も魔物がいつ襲ってきてもおかしくない場所なのだ。だからこそ国の手が入っていない。危険だからこそ、開拓が進んでいない場所——普通に暮らせているから忘れそうになるけれど、ここはそういう場所なのだ。

「山を登るの結構きついな」

「うん」

私の隣に座り込んでいるガイアスの言葉に返事をする。ガイアスも初めての山登りだからか、疲れが見える。

ちなみに傍にはフレネもいるが、ビラーさんたちのことを警戒してか姿が見えないようにしたままであった。

「ビラーさんたちの神様って誰だろうな」

「ガイアスたちの神様がグリフォンで、シレーバさんたちの神様は精霊で……ビラーさんたちだとやっぱり空を飛んでいる何かなのかなって思う」

「ああ。それはそうだと思う。空を飛べない俺たちのことをどうも思ってない感じだし」

「うん。その神様、なんで私に会いたいって言ったんだろうね」

「神子だからだとは思うけど……。そもそもレルンダがそういう存在だって、その神様が知っているってことだよな……」

「うーん、どうなんだろう？　ビラーさんたちが私のことを放っておけないって言っているからこその関係かもだし」

もしかしたらただ単にビラーさんたちが私のことを話題に挙げて気になっているからかもしれないし。

神子のことは伝説として言い伝えられていたり、文献に残っているだけで、実際の神子との差異が分からない。ランさんが読んだ文献に載っている神子に関する記述が大げさに書かれていないだけとは限らないし、そもそも都合の悪いことは書かないだろうとランさんは言っていた。

私を愛してくれているらしい神様が誰なのか分かったらいいのだけど。

この世界には月の名前になっている十二の神様だけではなく、他にも無数の神様が存在している。私は獣人の村に来てからおばば様から神様について習ったりしたけれど、全ての神様を知っているわけでもない。

「そうだな。その神様に会って、何か分かればいいな」

「うん」

「……グリフォン様たちのことだってそこまで敬ってないからな、ビラーさんたちは。そう考えると、ビラーさんたちの神様がなんなんだろうって不安だな」

「私も不安はあるけど……、嫌な予感はしてないし、楽しみでもあるかな。その神様との出会いによって、ビラーさんたちのことを知れて、仲良くなれたら嬉しいなって思うから」

不安に思うのは、何か分からないからだと思う。知らない者と出会うことは不安になってしまうから。でも、近づいて知っていけばその不安もなくなるんじゃないかなって思う。

ビラーさんたちのことだって、私たちは彼らをそこまでよく知らないからこそ不安で警戒しているのだ。神様に出会って、ビラーさんたちと分かり合えたらなって期待している。

「まぁ、仲良くなれた方がいいよな。ビラーさんたちと敵対でもしたら空から襲われそうだし……。レルンダがいるからそんなことはなさそうだけど」

「うん。仲が悪いよりも仲良い方が断然いいよ。そっちの方が皆、幸せだと思う」

その日はずっと、ガイアスとビラーさんたちや、ビラーさんたちの神様についての話をしていた。

その間、フレネは特に口をはさむことはなく、この山の魔力を感じて「やっぱり綺麗」などと口にしていた。魔力の流れが綺麗で、じーっと見入ってしまっているようだった。フレネだけではなく、エルフたちと契約している精霊たちもこの山に満ちる魔力を気に入っているようで、ご機嫌そうな様子だった。

少しの不安は残るけれどこれだけ精霊たちが気に入る魔力をこの場所に充満させるような何かがビラーさんたちの言う神様であるのならば、きっとそんなに悪い存在ではないのではないかってそう思ったんだ。

◆

そしてそれから何日かかけて、ビラーさんたちの集落にたどり着いた。

「わぁ……」

ビラーさんたちの集落にたどり着いて、私は感嘆の声をあげてしまった。山の上、奥深くに存在する集落。そんなものがあるなんて、私はビラーさんたちが接触してくるまで考えることもなかったのだ。

私が想像もしていないようなものが、この世界にはたくさん溢れている。そのことを実感すると不思議な気分になると同時に、この世界は面白いと思う。

私にとって楽しいことばかりがあるような世界では決してないけれども――、私は皆がいるからこそ将来への不安よりも、未来への希望の方が強い。

こうして、ビラーさんたちの集落に足を踏み入れてみても、やっぱり嫌な予感がしなくて、微かな不安はあっても、私は確かに落ち着いていた。むしろ私と一緒に来たガイアスたちの方が緊張した様子だったぐらいだ。

私が見たことがなかった翼を持つ者たちもいた。子どもはそこまでいない。翼を持つ者たちは人間以上に長命なようなので、人間よりも子どもが出来にくいのだと思う。

ビラーさんたちにとっての神様は、ここから少し離れた場所――もっと山頂に近いところへ行けば会えるらしい。そこまでの道は結構険しいとも聞いた。

なので、一旦ビラーさんたちの集落で休むことになった。七人とグリフォンたち全員が入れる家などないので、分かれてお世話になることになった。私はグリフォンたちやガイアスと一緒にビラーさんのところでお世話になる。ビラーさんはこの集落の中でも長的な立場らしい。他の家よりも大きかった。

それにしてもこんな高いところまで登ったのは初めてだ。息苦しさは相変わらず少し感じる。グリフォンたちは外にいると言ったので、ビラーさんの家の中に入っているのは私とガイアスとフレネだけである。リルハとカミハは家の中を汚してしまうのに気が引けてしまったようだ。

「……疲れたね」

「ああ。山の上って、俺も初めて来たけど、なんか、地上と違う？」

「うん」

疲れたように腰かけるガイアスの隣に私も座っている。

フレネは私の隣を飛びながら、「ここの方が魔力の流れが綺麗かもしれない」とつぶやいていた。

「ここの方が綺麗？」

「ええ。とても綺麗だわ。きっとこの魔力の流れを綺麗にしている存在が近くにいるんでしょうね」

「やっぱり、神様かな？」

「それは分からない。でもここの人たちの神様でなかったとしても、凄い存在がこの山にはいるってことだわ」

ちなみに今は、ビラーさんたちの姿はないので、気にすることなく私はフレネと会話を交わしている。

念のため、姿は現していないからフレネの声はガイアスにも聞こえていない。

「フレネと話しているのか？」

「うん。この集落は凄く綺麗な魔力の流れがあるんだって」

「……魔力の流れか」

「うん。精霊たちは感じやすいんだって。ビラーさんたちにとっての神様、どんな存在なんだろう」

ビラーさんたちから神様のことを持ちかけられてからというもの、ずっと私はそのことを思考している。

一つの団体に神と呼ばれる存在。きっと凄い力を持っているんだろうなと思う。

「……もし何かをかけ違えていれば、レルンダだってどこかで神と呼ばれていたかもな」

「私が？」

「ああ。レルンダが神子という単語を知らなくて、俺たちが神子という存在を全く知らなかったならば――、もしかしたらレルンダだって神と呼ばれていたかもしれない」

「そっか。でもそれを言うなら、ガイアスだって……。変化出来るの、過去にいた獣人だけって言ってた。それなら、もし、何かが違えば神様って呼ばれてたかもしれない」

考えてみれば、人が神と呼ぶ存在はそれを神と崇めている人の主観的な考え方だ。

思えばフィトちゃんも本人自身は普通の女の子だったのにその行動から神の娘と呼ばれていた。

きっと誰だって神様だと言われる可能性はあって、誰が神なのかって決めるのは周りなのだ。

昔からずっと伝えられている神様はともかくとして、人々が身近で神と崇める存在は色々あるのだろう。あのエルフの村で精霊樹を苦しめていた植物の魔物だって、状況などが違えば神と崇められることもあったのかもしれない。

そう考えてみると、あらゆるものが神と呼ばれるのだ。ビラーさんたちの神様がますます想像しづらくなってしまった。

空を飛んでいるとは思うけれど、飛ぶもの全てを考えてみると私が知らない存在も含めてかなりの数になる。やっぱり会ってみないと分からないだろう。

ゆっくりとしていれば、ビラーさんがやってきた。

夕飯の準備などをしてくれていたらしい。ビラーさんたちは私たちを快く迎え入れたというわけではないが、ビラーさんたちの神様が望んで私たちはここにいる。だからこそ、歓迎のためにごちそうを作ってくれたようだ。それを外の広場で食べる。

「おいしい……」

山の上の集落での食事は、魚は一切ない。山の中に生息している山菜や魔物などを狩って、ビラーさんたちは生活をしているのだろう。

村で食べているのとはまた違った味がしたので、山の上で暮らしているからこそその味つけなどももしかしたらあるのかもしれない。

リルハとカミハたちもおいしそうに食事をとっている。カミハとリルハは二頭で寄り添い合って食事をしていて、仲良しな夫婦の様子はなんだか見ていて微笑ましい。

グリフォンたちは仲良しで、その様子を見ているだけで癒されて、私がその家族として認識されているとも嬉しいなと思う。

ガイアスもお腹（なか）がすいていたのか、がつがつと食べ物を口に含んでいる。

「いっぱい食べて、ゆっくり休まないとな」

「うん。山を登らなきゃいけないから、きっと、ここまでより大変」

もっと険しい山の上。そこにビラーさんたちにとっての神様が存在している。

私は見上げるように、山頂の方を向いた。今は、夜。真っ暗で山頂に何があるのかはよく見えない。

星が上空に煌（きら）めいていて、山の麓（ふもと）――村のある場所から空を見上げるよりも、空に近い場所に自分がいることを実感する。空に近い場所にいると思うと、なんだか不思議だけど安心した気分になった。

「レルンダ、ガイアス、しっかり食べてるか？」

「オーシャシオさん！」

ご飯を食べている私たちに近寄ってきたのはオーシャシオさんである。

先ほどやってきたばかりのビラーさんは、必要以上に私たちに話しかけたりすることはない。ビラーさんは本当にブレない人だと思う。

「うん、よく食べてる」

「おいしいよ、オーシャシオさん」

「それはよかった。よく食べておかないとあとから辛そうだからな」

「うん。ねぇ、オーシャシオさんは、神様ってどんな存在だと思う？　私はやっぱり空を飛べる存在だとは思うんだけど」

　私がそう言って問いかければ、オーシャシオさんは口を開いた。

「そうだな、俺もそういうのだとは思う。ただ、どんな存在かは分かんねぇかな。実際に会ってみないと分からないが、会うのはちょっと怖いとも感じるし」

「怖いの？」

「まぁな。神様なんて呼ばれる存在は、崇めている連中以外にとっては怖いものだろう。グリフォン様たちだって、他の連中からしたら怖いと言える存在になるだろうし。流石に危害を加えられはしないと思うが……、心配はやはりあるからな」

「そっか」

「ああ。まぁ、疲れてるから夜寝られないってこともないだろうが……、どういう類の神様なのかってのが問題だよな」

　どういう神様なのか。

　やっぱり、会ってみないと正解は分からないけど、どういう存在なんだろうってそういうことばかりが思考を埋め尽くしてしまう。

「うん。神様とも、仲良しになれたらいいな」

グリフォンたちと仲良くなれたように、ビラーさんたちの神様とも仲良くなれたらいいなって思えてならない。

仲良くなるのはいいことだと思うし、ビラーさんたちの神様と仲良くなれたらもっとビラーさんたちと仲良くなれるだろう。最善を尽くして、仲良くなれるように頑張りたい。

やっぱり、少し不安はあるけど、私はわくわくしていたり、前向きな気持ちの比率の方が大きい。

「……神と、仲良くなりたいか」

「ビラーさん」

気づいてなかったけど、近くにビラーさんが来ていた。

ガイアスとオーシャシオさんと話していた会話をどこから聞いていたかは分からないけど、ビラーさんたちの神様と仲良くなりたいなんて言葉をビラーさんはなんと思うのだろうか。

「やはり、少女は不思議だ」

「不思議？」

「ああ。本来なら、というより他の者が同じことを言うなら俺はなんて無礼なと思うだろう。でも不思議と、そういう気持ちが湧かない」

ビラーさんはそんなことを口にした。

ビラーさんたちからしてみれば、どうしてそんな気持ちになるのかと疑問なのだろう。不思議そうな表情を浮かべている。

「まぁ、その理由も、神と少女が会えば分かるだろう」

ビラーさんにとって、私についての疑問もその神様なら分かることらしい。

神子の力は不思議で、謎な点が多くて、神子は神子でもそれぞれの力が違ったりして——だから、私は私が何を出来るのか明確に分からなくて困っている。でもビラーさんは、その神様なら私に対する疑問も分かると確信しているのだ。

それだけ力を持った存在なのだろうか、と思うがやっぱり会わないと分からないだろう。でもビラーさんたちの神様が私のことが分かるというならば、教えてほしいと思った。

ビラーさんはそのまま離れていったからそれ以上会話は続かなかった。

食事を終えて、泊まらせてもらえるビラーさんの家に向かい、私は眠りについた。


翌日、私たちはビラーさんのあとに続いて、山を登っている。

集落に向かうまでの道よりも、斜面が急で、登るのが大変だ。ふと振り返れば、随分高いところまで私は登ってきたのだと実感した。

ビラーさんが先ほど集落を出る前に言っていたが、ビラーさんたちの神様がいる周辺は危険な魔物などが出ないらしい。

それもあって、神様の元へ行ってくれるのはビラーさんだけだ。

それはビラーさんたちの神様に対する信頼の証でもあるだろう。神様が存在していれば、危険など起こるわけがないと知っているのだ。

それだけ周りの環境に影響を与えて、魔力を整えてくれている存在。ビラーさんたちにとっての神様。

大人数で押しかけるのをよしとしていないのだろう。ビラーさんは本当なら私だけで神様の元へ行ってほしかったようだ。まぁ、オーシャシオさんたちは私を心配してくれているからついていくと言ったわけだけど。

「ぐるぐる……（威圧的な魔力……）」

「ぐるぐるぐるっ（なんか、凄い魔力がある……）」

リルハとカミハは、山頂に近づくにつれて、何かを感じ取っているのか少し怖がっていた。

魔物が直感的に感じられる何かがあるのだろう。そしてそれは恐らくビラーさんたちの言う神様なのだろう。

フレネはフレネで、「魔力の流れが本当に綺麗っ」と声をあげている。フレネは怯えがないわけではないようだが、それよりも綺麗な魔力の流れに興奮して仕方がないらしかった。他のエルフと契約している精霊はちょっとびくついていたりとか、少し様子がおかしいのだけど……。

私は精霊ほど魔力の流れを見ることは出来ないし、グリフォンたち魔物ほど敏感に本能で何かを感じ取ることも出来ない。

グリフォンたちが怖がり、精霊たちが挙動不審になるようなもの――それが、私の進む先にいる。

グリフォンたちが怖がるような存在だとすると、そのビラーさんたちの神様は、もし敵対したら私たちでは太刀打ち出来ないような何かなのかもしれない。そんな風な思考が芽生えたけれど、不思議と恐怖はない。

ビラーさんは神様の元へ行くのに緊張しているのか、ずっと無言だ。神様と頻繁に会えるわけではないのだろう。

ガイアスたちもその神様がなんなのだろうかという怖さを感じているのかあまり喋らなかった。

私だけがわくわくした感情を抱いている。まぁ、フレネも興奮の方が強いから、緊張や恐れを感じている皆とは違うだろうけど。

こういうわくわくした感情や、なぜか大丈夫だと感じる気持ち。それはきっと私が神子だから感じるものなのだ。

――以前、ロマさんに言われた言葉を思い出した。

私には分からない、という言葉。

私は心の奥底で確信しているからこそ、大丈夫だと実感しているからこそ不安を外に出さない時がある。

でもそれは私だけが確信を持って安心していることで、他の皆にとっては私の感じる安心感なんて存在しない。ただ緊張や不安や恐れが渦巻いている。

大きくなって、色んなことを知っていくにつれてそういうことを私は実感している。

私はわくわくした感情の方が強いけど、周りはそうではないこと、それをきちんと踏まえて行動しないといけないって思っている。

「ごめんね、皆、こうして怖いかもしれないところに一緒に来てもらって」

「いや、そんな風に言わなくていい。俺たちはついてきたくて来たんだから」

「ぐるぐるるるる（怖いというのはあるけど、大丈夫）」

「ぐるぐるるるるっ（謝らなくていい）」

「ありがとう」

足を進めていきながら、そんな会話を交わした。

皆が優しくて、皆が大好きだって、そんな気持ちが溢れてくる。

ここについてきてくれているガイアスたちだけではなくて、一緒に仲間として過ごしている村の皆が大好きだってまた実感したから、神様と会って、村に戻ったら〝ありがとう〟って伝えようと思った。

しばらく登って、ビラーさんは足を止めた。

「……この上に、俺たちの神はいる。くれぐれも無礼な真似はしてくれるな」

それは山頂に差しかかるような場所で、ようやくビラーさんが口にした言葉だった。

なんとか、急な斜面を登って山の頂上に到着する。そこで私は――それを見た。

登り切った先に、一頭の巨大な生き物がいた。山頂にこんな存在が生きているなんて知らなかった。地上からではいると分からなかった存在。

「――お休みのところ、失礼します。少女を連れてきました」

ビラーさんが声をかければ、体を丸めて寝そべっていたそれが首を動かす。

――その存在は、黒い鱗で覆われた身体を持つ。

――その存在は、鋭い牙を持つ。

――その存在は、巨大な翼を持つ。

「ほぉ、やはり、神子か」

その存在は巨大な口を開いて、私を見た。

それは――ドラゴンと呼ばれる魔物だった。

そのドラゴンは、私のことを神子と呼んだ。名乗ってもいないというのに、私のことを神子と断言したことにまず驚いた。そしてその巨体にも驚いた。

だけど、その大きな身体を見ても私はやっぱり恐怖心などは抱かなかった。

「……神子とは？」

ビラーさんが跪いたまま、驚いたような声をあげた。

そういえばビラーさんには私が神子であることは伝えていなかった。閉鎖的な集落で暮らしているビラーさんは、神子という存在をそもそも知らないのかもしれない。

「――神子。それは神に愛された者、神に気にかけられている者、神の娘、神の子――、たくさんの呼び名があるが、今は神子と称するのが一般的だろう」

「……ドラゴンさんは、神子のこと、詳しい？」

ドラゴンさんの言葉に私は口を開いた。私のことを一目で神子と分かり、そして神子のことを詳しく知っているといった口ぶりだった。だからこそ、知っているなら教わりたいと思ったのだ。

「神子のことか、人よりは詳しいだろう。神子に会うのは久しぶりだがな」

ドラゴンさんって、長く生きているのだろうか。神子に会うのが久しぶりだと口にするなんて。魔物の中には信じられないぐらい長い時の中を生きるものがいるって村にいたおじいさんや獣人のおばばさまに教わったことはあるけれど。

「……私、自分が神子だってなんとなく分かってるけれど、私が何を出来るのか、私がどの神様の神子なのかとか分からない。それが、分かったりする？」

私はそんな質問をした。このドラゴンさんが一目で私について何か分かるというのならば、もしかしたら私が知らない私のことを教えてくれるのではないかって思ったから。

「ああ、そうか。なんの神様の神子か。――空の神だな」

「空の神様？」

「ああ。天の神とも書くが、同じ神だな。空を飛ぶ者を司る神だ。俺も放っておけない気分になるから間違いないだろう」

「そうなの？　ドラゴンさんも？」

「ああ。上から見ていて神子であるのは分かっていたのだが、近づけばなんの神子かすぐに分かった」

それにしても空を飛ぶものを司る神様。その空の神様が私を気にかけてくれているのか。そう考えるとしっくりくる。

グリフォンたちも、シーフォも、空を飛ぶことが出来る。

フレネも風の精霊で、何かを浮かすことが出来る。

翼を持つ者たちは、翼を持ち、空を駆ける。

私に最初から好意的なのは、空に関わる者たちばかりだ。

そしてドラゴンさんも、大きな翼を持つ空を駆ける存在。

「……リルハとカミハたちが仲良くしてくれたのも、そういう理由なのかな」

「グリフォンたちのことか？　まぁ、きっかけはそうだろう。無意識に惹かれるところがあったに違いない。しかし、それだけでずっと共にいるわけではない」

「そっか、ならよかった」

ただ神子であるからってだけでずっと一緒にいるのではなく、グリフォンたちが私と共にいてくれるのを選んだのだと、ドラゴンさんがはっきりと断言してくれるのは少しだけほっとした。

「それで、ドラゴンさんはどうして私のこと、呼んだの？」

「神子を見るのが久方ぶりだったから気になっただけだ。特に用はない」

ドラゴンさんは軽い調子でさらっとそう言った。私も皆も身構えて、これからどうなるのだろうか、と考えながらここまで来ていたのだが、それだけならよかったと思う。幸い、ドラゴンさんは私たちのことをどうにかしようなどと考えていないようだし。

そういえば、皆は喋らないけどどうしているのだろうか。後ろを振り向いたら、ガイアスもオーシャシオさんも、腰を抜かしていた。グリフォンたちも座り込んでいる。

あれっとびっくりする。

「俺の目の前に立って、普通なら平常心でいられるはずがない。それこそ神子であるからとも言えるだろうか」

「……そうなんだ」

私は怖いと思わなかった。でも、他の皆は怖いと感じる存在。——それだけ、強い力を持った魔物なのだ。

「皆、怖いっていうなら先に下りていて大丈夫。私は、ドラゴンさんに話を聞きたいから」

「レ、レルンダ、一人で置いていけるわけはないだろうっ」

「大丈夫。ドラゴンさん、私に何かをしようって気がないだろうから。ドラゴンさん、私に何かしようと、思ってないでしょ？」

話してみたらますます実感したけれど、ドラゴンさんは怖くない。本当にドラゴンさんは私という存在が気になったから呼んだだけで、それ以外に何かを考えていることはないだろう。私に危害を加えたりするというのも考えていないだろう。

　それを確信しているからこそ、私は安心した。

　このドラゴンさんとも、きっと仲良くなれる。

「じゃあ、私がレルンダと一緒にいるわ。皆は下に下りてたら？」

「……きゅ、急に現れた⁉」

　フレネが姿を現し、声をあげれば、ビラーさんが突然現れたフレネに驚いた様子だった。フレネは他の皆ほど怯えがないみたいだった。

「精霊か。何かをする気はない。それは安心してもらって構わない」

　フレネが一緒にいると言い、ドラゴンさんがそんなことを言えば、オーシャシオさんたちは「ちゃ、ちゃんと戻ってくるんだぞ」と口にして、下りていった。オーシャシオさんたちは少し下で話が終わるまで待っていてくれるというので、ドラゴンさんと会話を交わすことにした。

　ビラーさんもドラゴンさんに下りていいと言われて渋々下りていった。

「ドラゴンさん、お名前は？」

　私とドラゴンさんとフレネだけになって、私はふと名前を聞いてないことを思い出して、問いかけた。

　私はドラゴンさんの前に立ち、フレネはそのすぐ傍を飛んでいる。

「――俺の名前か。俺の名は、ドウロェアン。遥か昔に、呼ばれた名よ。久しく誰にも呼ばれていない名だが」

　ドラゴンさんの名はドウロェアンというらしい。

「ドウロェアンさん。神子のお話、聞かせて？」

「よかろう。神子よ、名は？」

「私はレルンダ」

「私はフレネ！」

「レルンダにフレネか。近くに寄れ。話をするから座っていい」

「うん」

「ええ」

　私とフレネは、ドウロェアンさんの言葉に頷いて、近寄る。身体に触れるぐらいの距離で座り込んでもいいだろうか。

　ドラゴンの鱗って触ったことがないから、正直言って触ってみたいなって気持ちも強い。ドウロェアンさんのことが怖いとは思わないから、余計に触ってもいいのかなってうずうずしてしまう。

「……ねぇ、ドウロェアンさん、近くに座って、鱗、触ってもいい？」

「……俺を触りたいのか？」

「うん。撫でたい」

　私の言葉に、ドウロェアンさんは少し黙った。怒らせてしまっただろうかと、不安になったが、次に聞こえてきたのは笑い声だった。

「ははは、流石神子と言うべきか。それともレルンダが鈍(にぶ)いのか。俺を見て、撫でたいなどと真顔で言う子どもなどそうはいないぞ。気にせず、近くに寄って構わない。撫でてもらっても構わないが、逆鱗(げきりん)には触れてくれるな。……我慢(がまん)も少しは出来るが、暴れることになるだろうからな」

ドウロェアンさんはそう言ってくれた。なのでお言葉に甘(あま)えて、近くに寄ることにする。その間に触ったら駄目(だめ)な逆鱗の場所も聞いたのでそれには触らないようにする。

足元の部分に近づいて、そこにすり寄るように座り込む。

フレネは、「レ、レルンダっ。さ、流石ね。私はそこまで近づくのは無理だわ」と言って、少し離れた位置にいる。

ドウロェアンさんの手足は太い。鱗に覆われていて、鋭い爪(つめ)が伸(の)びている。見た目からしてもとても強大な力を持っているのが分かる。手を伸ばす。鱗は、ひんやりとして気持ちがいい。なんだろう、もふもふとしたグリフォンたちに触れた時とはまた違った気持ちよさがある。

思わず、気持ちいいなと一心に撫でてしまう。

「……いつまで撫でる気だ？　話をするのではなかったか？」

「あっ、ごめんなさい。気持ちよくて思わず……。お話はしてほしい」

撫で過ぎてしまったので、慌(あわ)ててそう言って撫でるのをやめる。

「——それで、何が聞きたいのだ」

「神子について。私、詳しくない。私、自分が神子だって自覚は持ったけど、何が出来るかとか、そういうことも分かってないから、色々と教えてほしい。今まで出会った神子についてとか、聞きたい」

「俺が出会ったことのある神子か。直接会ったことがあるのは、最近だと二百年ほど前の神子だろうか。それは人ではなく、魔物だったが」

「……魔物も神子に？」

「そうだ。神子というのは何も人だけを示すものではない。ありとあらゆる生物を指すものだ。神が気にかけている存在が神子であるが、神が気にかけるのは何も人だけではない。その神子はか弱い栗鼠の姿をした魔物だったが、寿命を全うして森で死んでいった。もっとも神子であるから少し平常よりも長生きしていたが。その神子は人には知られずに死んでいった」

「そうなんだ……。平常よりも長生きっていうのは？」

「神子はその種族よりも少しだけ長生きする。病気にはなることは滅多にないというのもあるが、神が気にかけているから当然と言えば当然だろう」

となると、私も少しだけ長く生きるのだろうか。まだ十年しか生きていない私にはぴんと来ないけれど、皆と少しでも長くいられるのは嬉しいと思った。

「あとは、何百年前かは覚えていないが、人の神子とも会ったことがある。俺を討伐しようとやってきて、結局友人のようになった神子だが」

「色んな、神子がいるんだね」

「そうだな。そして神によって、どんな生物に好かれやすいかも変わる。レルンダの場合は空の神の影響が強いからこそ、空を飛ぶものに影響がある。ただそれはあくまでも神の影響が強いものに関してだ。だから他のものには影響は小さい。だからこそ、神子とはいえ、誰もに好かれるわけではない。場合によっては神子は迫害されることもある。レルンダも覚えはあるのではないか？　こんな森の中で暮らしているというのはそういうことだろう？」

　ドウロェアンさんの身体にべたっとくっついて座ったまま、私は話を聞いている。神子を知っている存在から聞く神子の話は、今まで知らなかったことをたくさん知ることが出来る。

「……うん」

　生まれ育った村で、私は友達も愛情も知らずに生きていた。それはそういう影響力がないからだと言えるのだろう。

「ドラゴン様、聞きたいのだけど、神子の力って神様から影響が与えられる力なのですよね？　それって神様が自由にレルンダのことを助けられるってことかと最初は思ったけど違うみたいだし、実際はどうなんですか？」

　話を聞いていたフレネが、緊張したような面持ちでドウロェアンさんに問いかけた。

「――そういうわけでない。神というのは直接的にこの地に影響を与えることはない。神の力というのは強大過ぎる。それはこの地への毒にしかならない。神子に対して神は加護のようなものを与えているが、それはあくまで直接与えているわけではない。そうだな、いうなれば神子に与えられているものはほとんど自動的なものだ。神自体が神子の行動に一つ一つ影響を与えるのではない。レルンダの場合は最初から空の神が加護のようなものを与え、自動的に少しだけ空を飛ぶ者に好かれやすくなっているということだ」

ドウロェアンさんはフレネの言葉にそう答えた。

「そうなんだ……」

「ああ。神子と聞けば誰もに好かれ、幸せに過ごすと勘違(かんちが)いしている者は多くいる。神が愛した者なのだからそれが当然だという者も多くいる。しかし、神子だからといって何から何まで本人が何もしなくても上手(うま)くいくのでは、出来上がるのはただの愚(おろ)かな生物だけだ。本人の意思ではなく、神の意思で全てが決められる人生なんて不幸しか生まないだろう。人で言うならば我儘(わがまま)な大人になれない大人が生み出されるだけだ」

我儘な大人になれない大人。

自分の意思で決めることはなく、神の意思で全てが決められる人生。それが、多くの人が思い浮かべる神子。神に守られ、万物(ばんぶつ)に愛され、ただ幸せに過ごす。

けれどもそんな神子ならば、ドウロェアンさんの言う通り、自分の意思が通るのが当然という大人になってしまうだろう。

全てが上手くいくからこそ、周りの気持ちが分からない存在。

私だって、神子であるから、周りの気持ちが分からない時がある。私は自分の意思で行動しているし、神様が全て面倒を見てくれているわけではないけれど、ただ気にかけられているだけでもそうなのだ。

なら、本当に皆が思うような神子が存在しているのならば、きっと自分本位な存在になってしまうことだろう。そう考えるとぞっとした。自分の意思とか関係なしに全てが決められてしまうということだろうか。

それに、大人になれない大人、という言葉では、姉のことを思い出した。私はほとんど話したこともないし、両親が近づけさせてくれなかった。

神子として引き取られ、我儘でいたという姉。その姉は、きっと周りがあれだけ特別視したからこそ、そうなっていたのだとドゥロェアンさんの言葉に考えた。

「あと、気になってるのだけど……、私がいたところ、私がいた時は不作になったりしなかった。でもそのあと、駄目になってたりしていた。国もそう。それってどういうことか、分かる？」

「それも自動の加護のようなものだと思うぞ。あくまでこれまで出会った神子や話に聞いた神子を見ていて、俺が知ったことだが。神子が生まれた土地は、不作が起こらない、自然災害が起こらないと言われているがそれは違うだろう。起こらなくするのではなく、本来起こる確率の高かったものの確率を下げているというだけだろう。実際に神子がいようがいまいが、災害が起きたことだってある」

「確率を下げる？」

「そうだな。俺はそう思ってる。毎年のように災害に悩まされていた地の災害が止んだり、作物が育ちやすかったりする。神子っていうのは、いうなれば運がいいだけだと俺は思うぞ。レルンダも運がいいなと思うことはあっただろう？」

「うん。食べ物を探してたら見つかったり、食べたものが全て毒ではなかったり、捨てられてすぐにシーフォに出会えたり……、普通なら多分死んじゃってることだと思うから」

本来なら森の中は危険なのだ。魔物が生息していて、毒のあるものも多くて。それでも私は魔物に会わなかったり、食べられるものだけを見つけられたりした。

「それは恐らく、食べられるものが見つけられる確率が高く、魔物に遭遇する確率が低いということになる。もちろん、絶対ではないから神子だって毒草を食べたり、魔物に遭遇したりもするだろうが、普通と比べて安全な確率が高いということだ。それで、先ほどの話にも繋がるが神子がいる場所はそれだけで運がよくなるようなものなのだ」

神子がいる場所は、作物が育ちやすい確率が上がり、魔物が襲ってこない確率が上がり、自然災害が起こらない確率が上がる。だけど、決して万能ではない。起こる時にはそういうことは起こってしまう。

「神子が所属している場所が大変な目に遭えば、神子がどうなるか分からない。だから神子が所属している範囲はそういう加護が緩やかに広がるのだろう。昔、神子が所属していた国は、神子がいる間にそれはもう国全体が栄えていたものだと聞いている。もちろん、全ての問題が起こらないということはなかったが。そして、神子がその場所を愛していれば神子の死後も緩やかに加護の名残が続くものだ。少しずつ神子がいたために上がっていた確率が、本来の確率へと戻っていく。しかし、神子が愛していない地はいきなり神子の緩やかに広がっていた加護が失われるということだ。レルンダは、その場所を愛していなかったのではないか？」

「……うん」

生まれ育った村のこと。所属していた国のこと。正直、そこまでの感情はない。ただ両親に命じられるままに、自分の意思もなく生きていた。村に関する憎しみもなければ、愛情もない、無、と言うのが正しいだろうか。

「なら、その場所が急激に本来の形に戻っただけだ。神子は、神に愛されている者だが、神は生物全体に幸せを与える加護を与えてはいない。神子の影響で悲惨なことになることももちろん、あるのだ。神子は人によってはいいものであるが、人によっては悪いものでもある。神子の影響が急激に失われ、本来の形に戻った土地は……対処が出来れば問題がないが、神子がいた間の状況に慣れ過ぎてしまっていれば急激に衰退していくこともある。神子がいる間に何も問題が起こらなかったからと、災害に対する対策をやめるような者もそれなりにいるものだ。神子の加護があろうがなかろうが、対策を講じている場合は問題ないだろうが、少し手を抜いても神子のいる地では作物が育ったりする場合が多いため、作物を育てるための努力を一切しなくなる者もいるのだ。そういう場合は、神子が土地を愛してなかった時に大打撃を受ける」

……神子ってやっぱり、普通ではないし、特別だけれども——ただ幸せな、とてもいいものではないのだなって思った。

生まれ育った村が虫害に苦しんで不作になっていたとランさんは言っていた。それは村の人たちが対策を怠っても育つからと対策をしていなかったということなのかもしれない。

確かに思い起こしてみれば、村の人たちは姉に貢いで、姉によくすることに必死になっていて、他のことに力を入れていなかった。農作物を育ててはいたけれど、不作になった場合の話し合いなども聞いたことがない。豊作が続くようになったからと、不作になった場合のことを考えていなかったということなのだろうか。

……というか、神子って、ある意味、周りの人を駄目にしてしまう存在なのかもしれない。そういう考えに陥ってしまってなんとも言えない気分になる。

「神子って、周りの人を駄目にしちゃうもの？」

「周りによるとしか言えない。そもそも豊作が続いたからといって不作になった時の対処をしない存在は、神子がいようがいまいが、豊作が続けばそれを過信して同じ対応を取るだろう。結局のところ、神子の周りが勤勉さを失ったとしてもそれは本人たちの問題であり、神子のせいではない。神子の影響は当然あるだろうが、結局そういう者は神子がいてもいなくても変わらない。まぁ、レルンダが今、傍にいる者たちを大切に思っているのならば、神子の力を過信しないことだな。そしていなくなったあとのことも対策を練っておくべきだろう。レルンダが愛している場所ならば、少しずつ本来の姿に戻っていくだろうが、災害がこれからも起こらないとは限らない。魔物に襲われにくいとはいっても襲われないわけでもない」

ドウロェアンさんは続けて私に向かってそう言った。

私はドウロェアンさんの言葉に頷いた。

ドウロェアンさんの言葉を私は胸にとどめなければならない。

私が周りを大切に思っているのならば、私の持つ神子の力を決して過信してはならない。神子というのは万能ではないということを改めて実感した。

そして今だけではなくて、私がいなくなったあとのことも考えていかなければならない。神子は万能ではなく、神子がいたとしても不幸が訪(おとず)れることがある。

私は今のことばかりを見ていて、皆が幸せになりますようにって願っている。でも私が死んだあとのことは考えられてなかった。でも、そのことも踏まえて行動した方がいいのだ。

大切な存在たちのためにも。……まだ、そんなことは想像が出来ないけれど。

「ドラゴン様、この山はとても魔力の流れが綺麗なのですが、やっぱりそれはドラゴン様がやっていることですか？」

「そうだな。俺がやっている。この山は昔、大きな魔力の乱れが起きた。一時期は生物が棲(す)めないほどに荒(あ)れ果(は)てていた。俺は元々この周辺に居を構えていたから、気になって魔力を正すようになった」

「……そうなんだ」

「ドラゴン様、魔力の乱れをこんなに綺麗に出来るなんて」

「元々ここが魔力の流れがいい場所だったから、整えやすかったというのもあるがな」

魔力の流れを綺麗にするか……。私にもそれが出来たら皆のためになるだろうか。ドゥロェアンさんにべたっとくっついたまま私はそう考える。

「ドゥロェアンさん、色々教えてくれてありがとう。今日は、もう暗くなってきたからあんまりお話聞けないのだけど、もっと私、お話聞きたい。また、来てもいい？」

ドゥロェアンさんからたくさんの話を聞いているうちに、すっかり時間が経過していた。ガイアスたちのことを待たせているから、そろそろ一度戻らないといけない。でも私は出来れば、疑問が芽生えた時にもっとお話を聞きたいなと思った。

「そうだな。来てもらっても構わない。……ああ、そうだ。ちょっと待て」

ドゥロェアンさんはそう言って、私とフレネに少しだけ離れているように言う。私はそれに従って距離を取る。鱗気持ちよかったのだけど……、またべったりくっつかせてもらえるだろうか。

そんな風に考えていたら、ドゥロェアンさんがいきなり何かを口から吐き出した。って、卵？　え、ドラゴンって卵を吐くものなの？　というか、この卵ってなんなのだろうか？　驚いて目を瞬かせてしまう。

「た、卵!? な、何、これ」

私よりもフレネの方が驚いていた。周りを飛んだかと思えば、私の後ろに隠れる。

「ドウロェアンさん、これは……?」

「ああ、俺の分体が生まれるものだ」

「分体? 子どもとかではないの?」

「子とは違う。俺ぐらいになれば、俺と同じ知識を持った別の存在を生み出す術を持っていると言えばいいのか。まぁ、生まれた時に俺と同じ知識を持つというだけだから、全く同じではないが……」

「へぇ……そんなの生み出せるんだ。ドウロェアンさん、凄い」

この世の中は本当に不思議に溢れている、と新しいことを知るたびに思う。私の世界は広くなったつもりでもまだまだ狭い。世界の広さを実感するたびに驚きと、喜びを感じる。

この直径三十センチルほどの黒いまだら模様の入った卵から、ドウロェアンさんの分体——同じ知識を持つ存在が生まれるのだという。

「この分体を、レルンダに預けよう。何か疑問があるのならばそれに聞くがいい」

「本当……? ありがとう。でも、ドウロェアンさんにも会いたいからたまに来てもいい?」

「構わない」

「なら、時々、会いに来る。卵、ありがとう。この卵、どうしたらいいの?」

「魔力を込めればいい。そうすれば、しばらくすれば生まれるだろう」

「名前は？　ドウロェアンさんと同じ名前がいいの？」

「それは自由にしてもらっていい」

「生まれたばかりで契約してもらってもいいの？」

「ああ。それも気にしなくていい。俺の記憶を持っているし、何より本当に嫌ならば無理やりでもこの分体は契約を解除するだろう」

……無理やり契約解除も出来るんだ。とちょっとびっくりする。

ドウロェアンさんの名前からとった方がいいのだろうか。うーん、しばらく悩もう。

それにしてもドウロェアンさんの分体と一緒にいられるということは、鱗も触らせてもらえるのだろうか。ドウロェアンさんのすべすべの鱗と触り心地を比べてみたい。並べて、交互に触ったりしたら気持ちいいかもしれない。

「分かった。ドウロェアンさん、ありがとう。色々知ることが出来て嬉しかった。また来るから、一緒にお話しさせてもらえたら私、嬉しい」

「共に話をするぐらいならば構わない。また、来るといい。俺も……、レルンダと話すのは楽しかったからな」

「ふふ、本当？　嬉しい。また、来る」

ドウロェアンさんと仲良くなれて嬉しいなぁと、その気持ちでいっぱいになって笑みが零れた。

私はそれから卵を落とさないように抱いて、ドウロェアンさんに見守られながらフレネと共に皆の元へ向かうのだった。

幕間　反乱のその後／王女、王の元へ

ミッガ王国の王が殺害された。

それも行方不明になっていた第七王子に。

その事実は国内だけではなく、周辺諸国にまで衝撃を与えた。

兄弟を殺し、父親を殺し――、そしてミッガ王国では奴隷とみなしている人間ではない存在を味方につけた得体のしれない王子。

ミッガ王国の第七王子、ヒックド・ミッガ。

その姿は作り物のようで、見る者にため息を吐かせるような美しさがあった。

――けれど、その美しさにはまるで薔薇のように棘がある。

その棘が、父親殺し、兄殺し、王族殺し、それを成しえた。

美しき王子は王を殺したあと、反発する者たちを力を以って押さえつけた。

恐ろしい魔法を使い、獣人や竜族といった獣を使い、周囲を押さえつける。その命を奪う様を見た者たちは、王子の下につくことを決めた。

恐ろしく冷酷な王子。

その王子が王になる。

ミッガ王国の国民たちは、冷酷なる王子が王になることに恐怖を覚えていた。

これからこの国がどうなっていくのだろうかという不安。そして隣国であるフェアリートロフ王国との関係もどうなるのだろうかといった不安もあった。

圧倒的な力を以ってして、反乱を成し遂げた王子。

その王子を周りは放っておかない。新しき王になる者へ近づこうとしていた。しかし、見目美しい令嬢たちをあてがっても、ヒックドは目を向けることはなかった。

ヒックドは周りを力で押さえつけているだけで、まだまだ王として完璧に認められているわけではない。認められるために、ヒックドはこれから動き続けなければならないのだ。

反乱が成功したあと、ヒックドは驚くべきことに獣人や竜族を、側近にすることを選んだ。

その行動に対する反発も大きかったが、それをまたヒックドは押さえつけた。

――そして王国側についていた猫の獣人、ダッシャ。国内でも噂された存在をヒックドは驚くべきことに罰さなかった。

反乱軍の獣人たちも、その猫の獣人を睨みつけていた。

けれど、ヒックドはその猫の獣人と会話を交わし、罰することはなかった。

「――それが、お前の選択か。分かった」

会話が終わったあと、ヒックドはそんな言葉を猫の獣人に投げかけたとされている。

その選択というのがなんなのか、ヒックドは他の者に語ることはなかった。ただ、猫の獣人は死ぬことはなく、王国で雇（やと）われ続けることになった。

それは誰（だれ）もが反発を覚えたが、ヒックドは彼（かれ）を傍（そば）に置くことを押し切った。

その猫の獣人はそんなヒックドの恩情を受けても、今までの態度を変えることはなかった。そんな彼にヒックドに反発する者たちが寄っていくのだが、それはまた別の話である。

——フェアリートロフ王国は、まだ国内が安定しきっていないということもあり、ミッガ王国との仲を結ぶ道を選んだ。

フェアリートロフ王国は、幸いにも第五王女のニーナエフ・フェアリーがヒックドの婚約者（こんやくしゃ）という立場である。ただの王子であった頃（ころ）ならともかく、王になる者に対して相応（ふさわ）しい婚約者であるかというと、そうは言えないかもしれない。それでも婚約は他の王女ではなく、ニーナエフ・フェアリーにすることをフェアリートロフ王国は選択した。

そして、ニーナエフ・フェアリーは冷酷なる王、非道なる王と呼ばれるヒックドの元へ、供をつけたとはいえほぼ単身で向かうことになるのであった。

ミッガ王国で起こった反乱。

それは第七王子が王族を殺害し、王になることでおさまった。

とはいえ、それは終わりの始まりというものである。

終わりがあれば始まりがある。目標が叶ったということは、次の目標を叶えるための始まりということである。

何事も、目標に終わりというものはない。ただその目標を叶えようとする者がそこで満足するか、先に進むか、どちらを選ぶかということ。

ヒックド・ミッガは、王になっただけで満足する者ではない。

――これが、新たな始まりだとヒックド・ミッガは理解している。

反乱が成功した。王になった。それで終わりでは決してない。

そこから、新米の王が自分の望みを叶えるための戦いがまた幕を開けるのだった。

◆

「お久しぶりです。ヒックド様。王位継承、おめでとうございます」

私、ニーナエフ・フェアリーは婚約者であるヒックド・ミッガ様の元へ来ている。

反乱を成功させ、王となった婚約者。

数年間、直接会うことは叶わなかったヒックド様と、ようやく私は直接対面をしている。

フェアリートロフ王国の内乱やミッガ王国の異種族たちの反乱が起こり、私たちは隣国とはいえ、会うことが叶わなかった。

ヒックド様は、冷酷なる王、親殺しの王。

そんな風に言われて恐れられている。ここに来るまでの間、散々、ヒックド様の噂を聞いた。

私の配下の者たちも、私がほぼ単身でヒックド様の元へ向かうことを危険だと反対する人が多くいた。

だけど、私はヒックド様に会いたかった。

お兄様も危険だと言っていたけれど、第五王女である私がヒックド様の元へ向かうのを許してくれた。

これは私が王女とはいえ特別な立場になかったからである。こういう時、第五王女という立場でよかったと私は本当に思った。

ヒックド様は前に会った時と確かに変化しているだろう。

あの頃のヒックド様は王である父親の言うことをただ聞いているだけの存在だった。自分から何かをしようなんて一切思っていなかった。そんなヒックド様が、王を殺して王位を継承するなんて大きな変化だ。

それでも、いくら変化をしたとしても根本的な性格は変わっていないだろうと私は確信していた。

「ニーナ、久しぶり」

実際に、ヒックド様は私に柔らかい笑みを浮かべてくれた。

私はそのことに驚いた。ヒックド様がこんなに優しい笑みを私に向けてくれるなんて思ってもいなかった。

以前のヒックド様はまるで感情をなくした人形のようだった。何も感じることはないといった様子で、ただ生きているだけだった。

そんなヒックド様がこんな表情をするようになったことが嬉しかった。

やっぱりヒックド様は冷酷なる王などと噂されるような人ではないと思う。確かに親を殺したことは事実だろうが、根本的な部分では変わっていなくて、必要だったから親殺しを成して王になったのだ。

そんなヒックド様を恐れるなんて、そんなことはしない。

ちなみに今、この場にいるのは私とヒックド様だけである。

ミッガ王国の人々は、「婚約者とはいえ、隣国の王族と二人きりになるなんて危険です」などとヒックド様を止めていたけれど、ヒックド様は私と二人きりになることを強行した。

それはヒックド様が私を信頼してくれているという証である。そう思うと嬉しかった。

「ヒックド様、我が国、フェアリートロフ王国はミッガ王国と講和を結びたく思っています」

「そうだな。それはいいことだ。正式に講和を結ぼう」

……そんなに簡単に講和を結ぶなどと決めていいのだろうか？　と思ったけれど、ミッガ王国は反乱の影響で荒れているため、隣国と戦争などしている暇はないという結論になっているらしい。

確かに道中でも反乱の影響かミッガ王国内はそれなりに荒れていた。

それに加えて、「ニーナの国とは敵対しないよ」なんてヒックド様が優しく笑うから、少しだけ恥ずかしくなった。

胸がドキリとしたけれど、なんとか気持ちを落ち着かせる。

そんな私にヒックド様が神妙な顔で告げる。

「ニーナ、俺との婚約は解消した方がいい」

「……なぜ、そんなことを？」

「俺は父や兄を殺して王になった。いつ、同じように下克上をされるかも分からない立場だ。それに俺はこの国をどんどん改革していこうとしている。その結果、多くの恨みを買うことになるだろう。ニーナをそんな立場にはしたくない」

ヒックド様は誠実な人だと思う。

私に嘘をつきたくないからと、本心からそんな言葉を言っている。

私のことを心配して、私のことを思って告げている言葉だと分かる。思えば反乱が起こる前も自分のことを切り捨てていいなんて言っていたヒックド様だ。

私のためを思って婚約解消した方がいいかもしれないと言ってくれているのだ。

それは分かるけど。それでも、私は――、

「嫌ですわ」

そう言った。

そして目を見開くヒックド様のことを真っ直ぐに見つめて告げる。

「私はヒックド様の反乱に人をやりました。その時点で既に共犯者ですわ。ここまで関わっておきながら今更関わらないなんていう選択肢はありません。それに私がここでヒックド様と婚約解消をしたら、ヒックド様は一人で周りから憎しみなどの感情を受けることになるでしょう？　私はヒックド様を一人になんかしたくありません。貴方は王になったので、傍から見たら一人ではないかもしれない。だけど、一人で抱え込むように思えます。私は貴方に一人で抱え込んでほしくない。私のことを思って、婚約解消をした方がいいと言ってくださっているのは分かります。でも私は、恨まれたとしても、大変な目に遭ったとしても、貴方と一緒にそれを受け止めて、背負って生きていきたい」

……そんな言葉を口にしてから、なんだかこんな言葉はプロポーズみたいではないかと恥ずかしくなった。

ヒックド様は私の王に対するには失礼な物言いに怒ることはなく、笑った。

「はは、ニーナは相変わらずだな。苦労するぞ？」

「いいんですよ。ヒックド様と一緒に苦労したい！　と私は言っているんです」

私がそう言えば、ヒックド様はまた笑って、「ニーナ、ありがとう」と優しく笑ってくれたのだった。

6　少女と、騎士の関係

ミッガ王国からやってきた人たちの行動範囲は狭い。

あのミッガ王国の騎士だというだけで、この村に住まう皆にとっては複雑な思いを抱えてしまうような存在なのだ。

複雑な気持ちを私もまだ感じている。

その私たちの感情を理解しているからなのか、ミッガ王国の騎士たちは文句の一つも言わない。一カ所に集められ、自由がなくても、それが当たり前だと、彼らは受け入れている。

「自由がなくても、いいのかな」

「レルンダ、彼らも自分がやってしまったことを痛感しているのだと思いますよ。彼ら自身が望んでやらなかったとしても、命令を聞いて決行したことには変わりがありませんから。世の中には命令されてやっただけだと責任を感じない者もいますが、彼らは自分がやったことと向き合っていますね」

ランさんは騎士たちが自分がやったことと向き合っていると言う。

「私も彼らに対して複雑な気持ちを抱いています。アトスさんやニルシさんたちのことを考えれば、彼らに怒りを感じます。けれど、彼らと共に歩む道もあり得ると思います。自分のやったことを自覚して、勤勉に過ごしている人たちをいつまでも恨んではいられません。……とはいえ、難しい問題ですね。時間が解決してくれるものとは思いますが、人の感情というのは他人には決してどうにも出来ないものです。少しずつ歩み寄るために整えていくつもりですが……、下手に交流を深めれば大変なことが起こる可能性もあります」

本当に、人と人との関係は複雑で、難しい。

仲良く出来るのならば仲良くすることが望ましい。けど、全員が仲良くするというのも難しい。

ランさんは少しずつでも歩み寄れるようにしたいと言った。

「人手が足りない状況で彼らを軟禁しておくよりも、村のために働いてもらった方がいいのです。なので、騎士というからには剣が達者なのでしょう。その剣の腕で村人たちを鍛えてもらおうと考えています」

「鍛えてもらう？」

「ええ、そうです。身体能力が高いとはいえ、この村の者たちはきちんと剣を習っていたわけではありません。騎士として働いていた者から戦う術を学ぶのは有意義なことでしょう」

「……それは、大丈夫？」

「不安も残りますが、きちんと対策は行って実行する予定です。ミッガ王国の騎士は確かに獣人の暮らしを脅かし、絶望に追いやった存在ですが、ミッガ王国の騎士としてではなく、ただの一人の人間として見ることが出来るようにしていきたいのですよ。それに彼らは決して私たちに剣を向けようとはしないように思えます。そのことを、獣人たちが実感するのにはきちんと交流をしていくことが大事だと思うのです」

ランさんは対策をして、それを実行すると言った。

「レルンダ、その時には貴方も手伝ってもらえればと思います」

「私にお手伝い出来る？」

「ええ。出来ますとも。ただ、大変な出来事に発展する可能性もあります。なので受け入れていただける場合は、覚悟して臨んでほしいです」

「……うん。もしかしたら、皆と騎士たちが喧嘩になるかもしれないんだよね……」

「ええ。そうですね。いつ、どんな風に彼らの感情の爆発が起こるかは分かりません」

ランさんは真剣な目をして言う。

私もランさんが言っている意味は分かる。

私は皆のことが大切だし、大好きだ。でもそれでも完全に皆の全てが分かるわけではない。

ここに騎士たちがやってきて、早数カ月、彼らは大人しくしている。行動を制限しているのもあって、今のところ、獣人たちとの争いは起こっていない。

でも、それが起こる可能性も十分あり得るということなのだろう。

「……私、お手伝いするよ。私も皆のために力になりたいと思うから」

「そうですか。では……その時はレルンダと契約獣たちの力を貸してくださいね」

「うん。もちろん」

私とランさんはその日、家の中でそんな会話を交わした。

それから数週間ほど経って、ランさんが言っていたその場が整えられた。

そこには、ガイアスもいた。

多くの獣人や民族に囲まれた状況であったけれど、剣を教えるために広場にやってきた騎士——サドニドさんは堂々としていたのだった。

サドニドさんに向けられる瞳は、正直言っていいものではない。

シレーバさんたちは直接ミッガ王国の騎士から被害を与えられたわけではないから、「怪しい人間だ」といった視線で済んでいるが、獣人たちやフィトちゃんの呼びかけでこの場にやってきている民族の人々からは厳しい視線を向けられている。

そんな目を向けられ、仲間が一人もいない状況でもサドニドさんは前を向いていた。

その強さに凄いと思った。

私だったらと考える。もし自分が酷いことをしてしまって、こういう目を向ける人の前に一人で立てるだろうかと。

もしかしたら殺されるかもしれない——そんな状況でこんな風に前を向けるのは強いと思う。

目をそらすことなく、自分がやったことを受け止めて、皆が向ける憎しみの感情も受け入れようとしている。

複雑な感情は抱いているけれど、その強さを見ると少しだけ憧(あこが)れの気持ちが心に湧(わ)いてきてしまう。

ガイアスのことを心配で見る。ガイアスはいつもの優(やさ)しい笑(え)みは浮かべていない。ただじっとサドニドさんのことを見ていた。

……ガイアスはサドニドさんたちのことを許せないと言った。その許せない感情をどんな風にサドニドさんに向けるのだろうか。

もしガイアスが……ううん、ガイアスだけじゃなくて他の皆がサドニドさんを殺そうとするのならば止めよう。そのためにグリフォンたちやフレネたちを連れてきているんだから。

そんな決意を胸に、私もサドニドさんに指導してもらうことにした。

ちなみに武器は元々狼(おおかみ)の村で持っていたものがほとんどだ。この場所にたどり着いてからランさんやドングさんが鉱石が近くにないか探(さぐ)っているそうだが、今のところ見つかっていないらしい。見つかったら鉱石の製品を作っていけるように頑張(がんば)るんだって言っていた。なので、この村で作られているのは木製品ばかりだ。

サドニドさんは木剣(ぼっけん)を使って、私たちの指導をしてくれる。

私は身体強化の魔法(まほう)を使わないと、あまり上手に振(ふ)るうことが出来ない。比べてカユたちは獣人であるというのもあって、軽々と持っている。

エルフの人たちは、私よりも振り回すのが苦手らしい。魔法が主軸であるエルフたちは武器を振るう必要もないのだが、身体を鍛えたいというのと、獣人たちのことを心配してここにいてくれているらしい。

シレーバさんたちははっきりとそうは言わなかったけれど、ちらちらと心配そうに皆に視線を向けていたり、契約している精霊たちを獣人や民族の傍に置いていたりするところを見ると心配しているのがよく分かる。

サドニドさんは、流石騎士として剣を使ってきた人と言えた。

指導がとても上手かった。

「それよりもこうした方が振りやすいぞ」

「その場合は――」

サドニドさんの指導は丁寧で、私たちが分かりやすいように心がけているものだった。きちんと一人一人と向き合って、ちゃんと皆を見ているからこそ言葉がすらすらと出てくる。

行動範囲が狭く、ここに集まっている皆とは会ったことがなかっただろうに、それでも名前を憶えてきていた。一人一人に声をかけ、子どもである私たちにもきちんと教えてくれる。

その短い指導の間でも、サドニドさんの性格が分かってくるというものだ。

初めての剣の指導は、思ったよりも穏やかに終わった。皆もサドニドさんが目を合わせ、丁寧に指導するのもあって拍子抜けしていたようだ。

あれが、本当にミッガ王国の騎士なのだろうかと戸惑う気持ちも大きかったように見えた。

この戸惑いから、いい方向に関係が向かってくれればいいのにと私は思った。

それからの剣の指導は、まずはサドニドさんとの関係をよくしようということなのか、ずっとサドニドさんが行っていた。

ランさんが言うには、サドニドさんはやってきたミッガ王国の騎士の中でも長のような存在だから、サドニドさんから交流を持たせるということらしい。何人もの騎士と接させて、それで最悪の状況になるよりは堅実に進めていきたいのだと。

サドニドさんによる剣の指導が積み重ねられていく。

――サドニドさんの人となりに触れて、態度が軟化していく人もいれば、相変わらずその目を鋭くしている者もいる。

この問題は決して、簡単なものではない。

ガイアスも、冷たい瞳を向けたままだ。ガイアスには笑っていてほしい。でも笑ってほしいと強要するのは違うと分かっている。私は指導の時以外も、難しい顔をしているガイアスの傍にいることしか出来ない。

どうするのが正解なのか、というのが分からない。

声をかけるべきなのか、そっとしておくべきなのか。どれが一番ガイアスのためになるのだろうか？　でもどうしても抑えきれなくなった時は、きっとガイアスから聞いてほしいって来てくれると思う。

そんな風に考えながら過ごしていた、ある日の剣の指導日。

「今日は模擬戦をやってみようか」

サドニドさんがそう言った時に、ガイアスが真っ先に立候補していた。

サドニドさんの模擬戦の相手としてガイアスが立候補した。

そしてそれをサドニドさんが受け入れた。

私はその段階で、既にハラハラしていた。

ミッガ王国の騎士に対して、憎しみといった感情を抱いているガイアスが模擬戦をするって大丈夫だろうか。木剣とはいえ、武器は武器だ。当たりどころが悪ければ死ぬ可能性だって十分にあるのだ。

緊張した面持ちで向かい合う二人を見つめる私に、フレネが安心させるように声をかける。

「レルンダ、大丈夫よ。本当に駄目そうなら私が魔法で止めるから」

「……うん」

そう、ここにいるのは私だけじゃない。他にも何かあった時に止められる人はいる。けど、ガイアスが大切だからこそ、心配が強くなってしまう。

私がハラハラしながら見守る中で模擬戦が始まった。その模擬戦が始まれば、私の中の心配の気持ちが徐々に小さくなっていく。

それは――、ガイアスとサドニドさんの技量の差があることが明確だったからだ。

ガイアスは魔法を使っていないし、狼の姿にもなっていないから全力ではない。だけど獣人の姿でも十分身体能力が高いガイアスが向かっていくのを、サドニドさんは簡単に対処している。

それは経験の差というものなのだろう。いくら身体能力が高かったとしても、武器を扱(あつか)う技量が足りなければ技量を持つ人相手だとこんな風になってしまうのだろう。

私も魔法を使えるけれど、剣もきちんと扱えるように技量を磨(みが)こうと思った。

私は、サドニドさんの主(あるじ)であるヒックド・ミッガという王子様のことを一度だけしか見たことがない。あの時見かけた王子様は、このサドニドさんが忠誠を誓(ちか)う相手なのだ。

ヒックド・ミッガという王子様が実際にどんな人なのだろうか、とサドニドさんを見ていると気になってくる。

木剣がぶつかり合う音がする。

ガイアスが何度も何度も、サドニドさんに向かっていっている。――表情を見れば分かる。ガイアスは獣人の姿での本気でサドニドさんに向かっている。

サドニドさんに技量があるから、止めなくても問題はないのだろう。

周りの大人たちも、ガイアスが本気で向かっていても問題がないだろうと思ってそのまま見守っているようだ。

ガイアスがここで魔法を使ったり、狼の姿にならないのは、なんとか理性で憎しみをとどめているからなのだろうか……。

　私たちが見守っているうちに、ガイアスの体力が切れてくる。

　獣人とはいえ、まだ子どもであるガイアスよりも大人で鍛えているサドニドさんの方が体力があるのだろう。

「……そろそろ、休憩をしようか。ガイアスも辛いだろう」

　サドニドさんは木剣を下ろして、ガイアスに声をかける。

「なんで……っ」

　ガイアスはその言葉に、顔を上げてサドニドさんを見つめて告げる。

　その声はどこか辛そうだった。

　サドニドさんはじっと、ガイアスを見つめ返す。

「……なんで、あんたはそんな奴なんだよ」

「そんな奴とは……」

「父さんが死んだ原因なのに！　父さんを殺したミッガ王国の騎士なのに！　なんで、そんなに俺に優しくするんだ‼　やろうと思えば模擬戦の間で俺のことを殺すことぐらい出来ただろ！　もっと、あんたが……嫌な奴だったらよかったのに‼　それなら……殺せるのに……。なんで、そうじゃないんだよ……」

　ああ、ガイアスが苦しんでいる。最近ずっと、悩んだ表情を浮かべていたのはだからなのか。

アトスさんを殺した憎い相手。だけど、実際に接してみると優しくて、嫌な人ではなくて……だから苦しかったのだろう。

殺したいという気持ちを抱いているけれど、それでも憎らしい相手でも優しくしてくれるサドニドさんのことを嫌いにはなれなかったのだろう。

「そうか……。なら、いくらでも殺しにかかってきてもらって構わない。そうするだけでもガイアスの気持ちは発散出来るだろう。俺は殺されても文句は言えないとは思っているが、俺を殺すことを苦しそうにしている相手に殺される気はない。それはガイアスのためにもならない。俺がやったことは取り返しのつかないことだ。謝ることしか出来ない。本当に、すまなかった」

「……謝るな！　謝るぐらいならやらなきゃよかったのに……。そしたら、父さんはまだ俺の傍にいたのにっ‼」

頭を下げるサドニドさんにガイアスは泣き出しそうな声で言う。無防備な姿を見せるサドニドさんにガイアスが何かをすることはない。

そんなガイアスの姿に、同じように悲しみと憎しみを感じている皆も悲痛な表情を浮かべている。

「……でも、殺さない！　あんたを殺しても父さんは帰ってこないし、意味はないから。いつか……あんたより強くなる。俺があんたより強くなるために、あんたを利用する‼」

「……ああ、俺より強くなることを楽しみにしている」

苦しそうにガイアスが言い放った言葉に、サドニドさんも頷くのだった。

皆の中での憎しみは消えないけれど、それでも奪った本人に言葉をかけることで少しはその気持ちが軽くなっていくのかもしれない。

私はガイアスとサドニドさんの様子を見ながら、最悪の事態にならなくてよかったとほっとするのだった。

それからガイアスは剣の指導の度に、サドニドさんと模擬戦を行うのだった。

ガイアスがサドニドさんと模擬戦を行って、一息をついた時——ウェタニさんが産気づいたということを聞いた。

私たちは慌てて、ウェタニさんのいるところへと向かった。ウェタニさんの家は、エルフの人たちが従来住んでいた木の上に建っているけれど、妊婦さんで木の上に住むのは大変だ。そのため、妊娠が発覚してからというもの、ウェタニさんは薬師たちが設立した治癒院と呼ばれる建物に滞在していた。

産気づいているウェタニさんは治癒院の中で頑張っているので、私は治癒院の外で落ち着かない様子で周りの人に話しかけてしまう。治癒院の周りには私だけではなくて、村の多くの人たちが集まっていた。

子どもが生まれる、というのは村にとって初めての経験であった。

それもあって、私たちの皆が緊張と興奮を抱えていた。子どもを産む、という経験を私はまだ子どもだししたことがない。生まれ育った村でも妊婦さんはいたけれど、私は近づけなかった。だから、こうして出産をしている人を間近で見るのも初めてだ。

でも、出産が命がけというのは知識として聞いたことがある。

新しい命を産む、というのはそれだけ大変な出来事なのだ。だから、出産というのは新しい命が生まれる嬉しいことだけれども、もしかしたら仲間を失ってしまうという恐ろしいことでもあるのだ。

それを考えると、不安もどんどん湧き出てくる。私はウェタニさんのことも大切だ。だから、ウェタニさんが無事に、元気な赤ちゃんを産むことを、私は祈った。

「子どもかぁ」

「心配ですね」

「無事に生まれてくれるんだろうか」

「俺、弟ほしかったんだよな。男の子だといいなぁ」

私の周りで皆もそれぞれ、落ち着かない様子で声をあげている。

私にとっては、性別はどちらでもいいと思う。男の子でも女の子でも、どちらでも嬉しいと思う。この村の中で、新しい命が生まれるというだけでも嬉しくて仕方がないから。

男の子だったら、弟のように。女の子だったら、妹のように。ただ、可愛がって、大切にしていきたい。私には弟も妹もいないから、生まれたら可愛がりたい。

どんな子どもが生まれるのだろうか。元気で生まれてくれたらそれだけで嬉しいな。

「生まれたよ！」

そして、ハラハラしている中でようやくその声が聞けた。でも皆で押しかけてしまっても、迷惑だろうからゼシヒさんたち薬師の人たちの許可をもらってから順番に赤ちゃんとウェタニさんを見に行くことになった。

私の番が来て、中に入る。

ウェタニさんは疲れた様子で、ベッドに横になっている。その脇には小さなベッドが置かれている。このベッドもウェタニさんが子どもを身ごもったということが発覚してから、村の皆で分担して作ったものの一つだ。赤ちゃんのための衣服とかもこの村にはなかったから、村の皆で作ったんだ。私も赤ちゃんのための物を作るのを手伝った。

ベッドに眠っている赤ちゃんは、可愛かった。小さいけれど、少しだけ耳が尖っているのはエルフの特徴だ。

赤ちゃんって、こんなに小さいのだなと不思議な気持ちになった。こんなに小さな赤ちゃんが、いずれ大きくなっていくのだなって思うと、命って不思議だなってそうも思う。

「男の子？　女の子？」

正直、赤ちゃんの性別が見ていても分からなかったので聞いたら男の子だと教えてくれた。男の子のエルフの赤ちゃん。

赤ちゃんの彼の傍には、ウェタニさんの精霊が嬉しそうに浮いている。精霊もウェタニさんの子どもが生まれるのを、心待ちにしていたのだ。

この子もいつか、精霊と契約を結ぶのだろうか。

「赤ちゃん、可愛い。名前は決まってるの？」

そう問いかけたら、まだ決まってないという話だったので決まってから教えてもらうことになった。そうしているうちに、私の番が終わったので一旦その場をあとにした。また、落ち着いたら赤ちゃんを見に来よう。

◆

「イルーム‼」

シェハンさんは今日も元気にイルームさんを追いかけている。

告白してから余計に振り切れたのか、シェハンさんは以前より積極的にアピールするようになった。若い獣人の女性たちと一緒におしゃれにも勤しんでいるようだ。

どうなるんだろうって、楽しみで見ている。あと、カユの恋も。

皆が幸せになってくれれば嬉しいなって思う。だって悲しいより嬉しい方がいいと思うから。でもイルームさんには私があまり言わないようにしないと……。

あと卵には魔力を注いでいるけれど、現状まだ生まれる気配はない。

少し動いていたりするのは分かるのだけど。早く生まれてくれたら嬉しいな。

さて、今日、私は何をしているかというと、ドングさんがビラーさんたちとどう関わっていくかっていうのを告げるって言っていたので一緒に森に来ている。

ビラーさんたちは私が彼らの神様であるドウロェアンさんと仲良くなって、卵をもらったことで、私たちと仲良くしたいと言ってくれたのだ。

「……それで俺たちは関わることが出来るのだろうか」

近くを飛んでいたビラーさんを手を挙げて呼び止めれば、ビラーさんはすぐに降りてきた。

「こちらで話し合いを進めたが、完全にビラーさんたちを信頼することはまだ難しい。しかし、貴方たちの神がレルンダに卵を預けた。それで関わりたいと望む気持ちは理解出来る。だからこそ……、少しずつ関わっていくことを増やそうと思っている」

「少しずつ？」

「ああ。完全に仲間だと思うことは現状難しい。俺たちの村もまだ整えている最中だ。下手に村を刺激するようなことはしたくない。だから一人か二人なら村に住まうことを許そう。ただ俺たちにとって害になることを起こすのならばすぐに村から出て行ってもらう」

「……それでも構わない。神と共にいられるのならば」

ビラーさんは卵から生まれる存在と共にいられるのならば問題がないらしい。

私たちの村は多くの人たちを受け入れるだけの整備はされていない。

安定してきているとはいえ、人手は足りないし、ミッガ王国から来た人たちの問題も片づいていない。

全てを受け入れても問題がないだけの力が、村にあればよかったのだけれども。それでもそんなに簡単に上手くいかないのが現実だ。

ただ、今後村を発展させていくために少しずつ交流を広げようという狙いがあるのと、空を飛ぶことについて私が学べるようにというのもあって、ビラーさんたちを受け入れることになった。

「どういう家がいいとか希望はあるか？」

「……高いところの方がいいが」

「エルフたちのように木の上がいいか？　それか村を見てもらってどこに建てたいか決めてもらってもいい。ただそうだな。場所によっては希望されても建てるのは難しいこともあるが」

「そうだな。そうしてもらえたら助かる。いつそちらに向かえばいい？」

「明日にでも構わない。家が完成するまでには他の家に住んでもらうことになるが」

「では、準備が出来次第近くを飛ぼう。村は見つけられないだろうからな」

「ああ」

私はドングさんとビラーさんの会話を一緒に来ていたシーフォと共に聞いていた。

「……レルンダ、卵はどうだ？」

ドングさんと話していたビラーさんは私の方を向く。ドングさんと会話を交わしていた時、少しだけうずうずした様子だったけれど、やっぱり卵のことが聞きたかったのだろうか。

「卵は、まだ孵（かえ）ってない」

「そうか。是非（ぜひ）生まれる場に立ち会いたいから、なるべく早くそちらに向かおう」

ビラーさんはほっとした様子だった。

ああ、そうか。生まれる瞬間（しゅんかん）も、ドウロェアンさんを特別視している彼らにとってみれば大切な時なのだ。

絶対に見逃（みのが）したくない場面。

信仰（しんこう）の気持ちは私には分からないけれど、大切な存在の生まれてくる瞬間に立ち会いたいっていう気持ちは分かる。

ウェタニさんの子どもが生まれた時も、命の誕生に感動した。

きっとあの子が生まれる時も、同じように色んな感情を私は覚えるんだろう。

私がもらって、私の魔力によって生まれるドラゴン。

――きっと、私にとって特別な子になる。

「うん。分かった。私もビラーさんたちが村に来るの、楽しみにしてる」

私がそう言えば、ビラーさんも笑ってくれた。

ビラーさんたちは私たちが対応を告げた数日後にもうやってきた。

よっぽど卵が孵る瞬間を見たいのだろうと思う。

初めて出会った時、民族の人たちを襲（おそ）っていた。

私という存在が気になるのだと言っていた。私の名前も呼んでくれていなかった人が、私の名前を呼んでくれるのが嬉しくて、そして私と同じくどんな感情にせよ卵が孵るのを楽しみにしてくれていることが嬉しいと思う。

今、私はビラーさんに抱えてもらって、私が飛べるよりももっと高い場所に連れて行ってもらっている。

グリフォンたちの背に乗せてもらって飛ぶのとはちょっと違う感覚。

ドウロェアンさんは言った。

私は空を飛ぶ者たちを司（つかさど）る神様の神子（みこ）だと。

だからこそ、グリフォンたちは私に最初から優しかったし、ビラーさんたちも私が気になった。

それなら私は、もっともっと、自由に飛べるんじゃないかって思った。

人間にしては、風の魔法を上手く使えているらしい。人間という種族はランさんみたいに魔法を使えない人が多数らしいから。でもなんだろう、もっと自由に空を飛べたら気持ちいいんだろうなって思ったんだ。

それに――、新しく仲間になるかもしれない人たちと同じことが出来た方がもっと私は彼らを理解出来ると思う。

理解して、仲良くなりたいって思う。

私は神子の力があるから、皆と同じではないけれど――でも理解しようとすることは出来るから。

いつも飛んでいるところよりもさらに高い位置。

そこから見下ろす景色は、また少し違った風に見える。

ドウロェアンさんは大きな翼(つばさ)を持っていた。

あの大きな翼で、あの大きな身体でドウロェアンさんは空を飛ぶのだろうか。ドウロェアンさんの視点から見る空は、また違うものに見えるのだろう。

「ぐるぐるるうる(レルンダ、高い場所は怖(こわ)くないか?)」

レイマーが私のすぐ傍で心配そうな顔をしている。

「うん。大丈夫。ビラーさん、魔力を練って上手くこの場に浮けるか試(ため)してみるね」

なんだか、少し高い位置はいつもより魔力の流れが違うというか、練りにくい? 空気が違うっていうか、そういうのがあるのかもしれない。

私が翼を持つ者たちみたいに翼があったのならば、もっと飛びやすいのだろうか。空を自由に羽ばたくための翼――。

うーんと悩んでいる足元では、フィトちゃんが舞を舞っている。私の魔力が練りやすいようにって手助けをしてくれている。

フィトちゃんも私を応援してくれている。レイマーや、ビラーさんたちも、私のことを見守ってくれている。なら、少しぐらい無茶をしても大丈夫だ。

やりたいようにやって、駄目ならもう一回試してみればいい。

私はそう結論づけて、身体の内にある魔力を練る。

——空を自由に飛ぶために、何が必要だろうかって思うとやっぱり周りで飛んでいる皆が持っている翼だと思った。

魔力を上手く操作出来れば私が望む形に変化出来たりしないだろうか。

そう可能性を感じたから、だから私は魔力を練る。

意識して、魔力を練って、その魔力を望む形に作り上げる。

そのことだけに私は集中する。

「ぐるっ（これは……）」

「ほぉ……」

魔力が背中に形作られるのが分かる。私を抱えていたビラーさんはそれを見て、大丈夫と思ったのか私のことを放した。

それで、私が落ちることはない。

少し後ろを向けば、私の背中には白い翼のようなものが見える。

それは私が魔力によって形作ったもの。私の背中から、魔力という力によって繋がっているもの。

私が空を飛ぶための補助として生み出したその翼は、羽ばたくことをしなくても存在するだけで空を飛ぶことが出来るものと想像して作った。フィトちゃんが補助をしてくれたからだろうか、その思いはちゃんと魔法として形になった。

あとで川とか鏡の前で一旦確認してみよう。自分じゃ見えない位置だから。

「出来た」

私は思った通りに出来たことが嬉しくて思わず笑った。

「これは魔法か？」

「うん。ビラーさんたちは魔法は使えない？」

「そうだな。使える者は少ない。その代わり空は飛べるが……」

なんだか互いに自分だけの力で飛んで、こんなに高い位置で会話を交わすなんて不思議な気分。新しい経験に思えて、なんだか楽しい。

「ぐるぐるるうっ（レルンダ、凄いな）」

「レルンダっ。なんですか、その翼!!　凄いですわ。話を是非!!」

っていうか、いつの間にか足元まで来ていたランさんが、私の翼を確認して大興奮している。

ランさんは本当に新しいことや知らないことを知るのが好きだなと思う。ビラーさんが「……興奮し過ぎだろう」と呆（あき）れた顔をしていた。

ランさんが興奮しているので、ひとまず私は地面に下りるのだった。

「綺麗（きれい）な翼ですわね。ふふ」

「ランさん、楽しそう」

「楽しいですもの。レルンダはたくさんの新しいことを私に見せてくれるもの」

翼を生み出したあと、ランさんと一緒に家に戻（もど）った。そしてランさんにせがまれて翼を魔力で作った。

鏡の前に立てば、白い翼が映る。

不思議な気分だ。私が空を自由に飛びたいと願って、形になった翼。元々翼なんてものがない私に、翼が生えている。動かそうと思えば、動かすことも出来る。

これは私が飛ぶのを補助する役割だから、羽ばたかなくても問題はないけれど、羽ばたかせてみたらまた可能性が広がったりするのだろうか。

ただやっぱりこんな風に、魔力を形にしているというのもあって魔力の消費は激しい。長時間使うことは現状難しいだろう。使い方もまだ未知数だし。

だけど、この翼をもっと上手く使えるようになれたのならば、私は皆のために動けるだろうか。

「使い心地（ごこち）なども教えてくださいね。レルンダのことはちょっとしたことでも記録していきたいのだもの」

「うん。教える」

「新しい絵本も作りたいですし。もっと大人向けに編纂したものも作りたいですし。まだ形にはなってませんけど、学校も作っていく予定ですからね。その時にはちゃんと教科書も作りたいですもの。そのためにはもっとここを街や国にしていかなければなりませんし……。神子についての研究も続けて……ブツブツ」

あ、ランさんがまた自分の世界へと入っていってしまった。

ランさんは本当に自分がやりたいことに関して、ブレずに向かっていく。そういうところが好ましく思う。

翼を少しだけ動かしてみる。……案外、動かすのも難しかった。魔力で繋がっている翼だから、魔力を動かして、翼を羽ばたかせるように見せる。

ビラーさんたちのように、本来身体の一部として持っているものではないので、難しいのも当然かもしれない。

それにしてもビラーさんたちと出会って、形になった魔法だからか、ビラーさんたちの背中に生えているものと少し似ている。私の中のイメージがそんな風に固められていたのかなって思う。

「ぐるぐるぐるっ（翼、凄い）」

「ぐるるるうるるるる（触っていい？）」

キラキラした目で私の翼を見ているのは、子グリフォンのレマとルマの兄妹だ。

レマとルマも出会った時より大きくなっている。もっと大きくなって、いずれ成体になっていくのだろう。

「うん。優しくね。びっくりしたら、魔力解いちゃいそうだから」

「ぐるっ（うん）」

「ぐるるるるっ（わぁ、ふわふわ）」

床に座った私の翼に、嘴や翼を近づけてレマとルマは嬉しそうに声をあげている。

それにしてもふわふわなんだ。触ってなかったから知らなかった。手を後ろにやって、ちょっと触ってみる。

　少しふわふわしてる。特に意識してふわふわにしようとか考えてなかったけれど、これも私のイメージの結果かな？

　自分の背中にあるから触りにくいけど、十分ふわふわで触り心地がいい。ふわふわになっているから魔力消費が激しいのかな？　とか考えていたら魔力が大分減ってしまったのか、一旦翼が消えた。

「ぐるぐるるうる（消えた？）」

「ちょっと、魔力が減ったから。これは結構魔力を使うから長くは無理みたい」

　ふぅ、と息を吐いて、座ったままレマとルマをぎゅっと抱きしめる。

　そんな風にレマとルマとのんびりしていたら、ようやくぶつぶつ言っていたランさんが正気に戻った。

「はっ、すみません。レルンダ、ルマたちも……」

「いいよ、ランさん」

私がそう言えば、ランさんは優しく笑ってくれた。

「レルンダ、その翼で何が出来るか、どういう可能性があるのかどんどん研究していきましょう。それはとても大きな力になりますわ」

「うん」

「レルンダは空の神の影響を受けているということですから、きっといずれもっと空を自由に飛べるようになるのではないでしょうか。とても素晴らしいですわね。私にはそういう力はありませんから、余計に凄さを感じますわ」

私は空の神の影響を受けている。だからこそ、もっと空を自由に飛べるのだと、ランさんは確信したように言った。

「――ランさん、私がもっと飛べるようになったら……、そして大きくなったらランさんを抱えて飛びたいな。そしたら、ランさん自身は飛べなくても飛んでるのと一緒だよ」

「ふふふ、それは楽しそうですわね。そうですね。もっとレルンダが飛べるようになって、そして私を抱えられるぐらいになったらお願いしましょうか」

「うん。私、頑張る。空から見る景色、ランさんと一緒に見たい」

一つ、目標が出来た。

もっと飛べるようになって、もっと大きくなれたなら――、ランさんを抱えて飛びたいなって思った。

私はまだ子どもだけど、大きくなったらきっと出来ると思うから。

大人になるのが、楽しみだ。

◆

「ねぇ、ガイアス、なんだか人がたくさん増えたね」

私は広場のベンチに腰かけ、広場にいる人たちを見る。

そこにはたくさんの人たちがいる。この村が出来たばかりの頃は考えられなかったようなたくさんの人たちが。

狼の獣人と、エルフと、ニルシさんたちと――民族も含む私たち人間。それだけしかいなかった空間に、合流した猫の獣人たちに、サッダさんたちに、翼を持つ種族であるビラーさんたちといった色んな種族がここに暮らしている。

「そうだな。たくさん増えた」

隣に座るガイアスがそう言って感慨深そうな表情を浮かべているのは、あの日の誓いを思い出しているからだろうか。

「……なんだか、俺とレルンダの誓いを叶えられる日が近づいてきているようなそんな気がするな」

「ふふ、近づいてきているようなじゃなくて、近づいているんだよ！　皆そのために頑張ってるんだもん」

「そうだな。なんか嬉しい」

そう言ってガイアスが小さく笑う。

ガイアスは、サドニドさんと戦ってからすっきりしたような表情をしている。ガイアスが出会った頃と同じように笑っていてくれることが嬉しい。

私はやっぱりこうして優しく微笑んでいるガイアスが大好きだなと思う。

「レルンダが神子であることもほぼ確定したしなぁ」

「うん。ドウロェアンさんがそう言ってたからね。でも私が神子であっても何も変わらないよね」

「ああ。何も変わらない。逆にちゃんと分かったなら行動がしやすいからいいと思う」

「うん。神子かもしれない、よりも神子であるって分かった方が動きやすいもんね」

神子であるというのが知られたら、皆の態度が変わってしまうのではないかとそんな風に思っていたこともあった。けれど、今はそんな不安もない。

それは私と皆の距離が近づいてきたからだと思う。

「ああ。それに俺やレイマーに与えられた『神子の騎士』の力も、少しずつ分かってきた。これからもっと知っていけたらいいな」

「うん。そうだね」

『神子の騎士』のことはまだ分からないことが多い。けれど検証していく中で分かったこともたくさんある。その分かっている力をもっと増やしていけるようにしたい。

「――なぁ、レルンダ」

「なぁに？」

「これからさ、何が起こるかは分からないけれど……、それでも目の前の光景を守っていきたいな」

「うん！」

ガイアスが言うように、これから何が起こるのか分からない。

この村がもっと大きくなることを望むのならば、大変なことは起こるだろう。でもそういうことが起こったとしても私は目の前の穏やかな光景を守っていきたい。――私たちは、この土地で、一生懸命生きていくのだ。

私は、神子であるかもしれない。

私は、確かに特別な力を持ち合わせている。

神子の力を自覚した私の元に新たな出会いがあった。

この村の中だけが自分の世界のように、そんな風に考えてしまっていたけれど、この村の向こうにはまた違った世界が広がっている。そのことを私はより一層実感した。私たちが私たちの目標を叶えるために必要なことも話し合った。

また私たちの村はたくさんの出会いをもってして、変わっていく。一つ一つがどのように影響していくかは分からないけれど。

騎士たちと出会い、翼を持つ者たちの神と出会い。

その出会いは確かに私たちを変えていく。

それでも皆と共に目標を叶えていこう。

私のこの力は皆のためにある。私たちの願いを叶えるために。目標を叶えるために。そして皆を守るために。力を貸してください。神様。

そう、願ったんだ。

終章

煌めく精霊樹の下で少女が笑っている。

その村の広場には、少女が愛する人々がいる。だからこそ、少女はいつもそこで笑っている。

神子であることを自覚し、行動し続ける少女。神子と『神子の騎士』の能力を知ろうと、少女は努力している。

少女の周りには、獣人たちやエルフ、民族の者たち、そして神官——といった多くの人たちがいる。

少女が出会い、少女が絆を結んだ者たちと共に少女は生きている。

穏やかに過ごす村では新たな出会いもあった。少女たちがここに来る原因となった国の騎士たちと、人間に捕らわれていた獣人たち。そして翼を持つ者たちの神様との出会い。

新たに出会った者たちとの関係も、少しずつ変わっていく。

その出会いをもってして、少女は様々なことを考えた。人と人の関係は、不変的なものではなく、何かがきっかけで変わることを知った。

そして強大な力を持つ翼を持つ者たちの神との出会いによって、神子としての自分を知るに至った。少女は受け取った卵を抱えて微笑んでいる。

少女は目の前の当たり前の光景を愛おしく思っている。愛しいこの光景が、この穏やかな日々が続くことを祈っている。

だけれどもこの日常がいずれ変化していくであろうことも、少女は知っている。

変わらないものと、変わるもの。

それは確かにあるだろうけれど、皆が笑って過ごせる日が続くことを少女は願っている。

生まれた村から捨てられ、獣人たちやエルフと出会い、その場所を追われ、安住の地にたどり着いた。その地で少女はたくさんの出会いを果たしている。

出会った者たちとの関係は少しずつ変化していき、少女は成長をしていく。自分たちを脅かすはずだった人間の国の騎士たちが敵ではなくなり、強大な力を持つ翼を持つ者たちの神に出会い神子について知った。

――神子であることを自覚した少女は、その力を知ろうと動いている。自覚し、様々な出会いを経ていく少女がどんな人生を歩んでいくかは、誰にも分からない。

ただ、空だけが、いつも少女を見守っている。

書き下ろし短編

私たちは交流を深めている

「今日は皆（みな）さん、集まってくださりありがとうございます。是非（ぜひ）皆で交流を深めていきましょう」

ランさんが広場で呼びかけている。

私たちの住んでいる村には、たくさんの種族がいる。人間、獣人（じゅうじん）、エルフ、翼（つばさ）を持つ者といった様々な人たちが住んでいる。私たちは今まで過ごしてきた環境（かんきょう）が違（ちが）う。人間の中でも、民族の人たちと商人や騎士（きし）たちとでも違いがある。

だから種族間の交流を深めるために、時々こうして集まっている。万が一のことを考えて、少人数で集まっているが、こうして複数の種族が集まるとなんだか不思議な気持ちに毎回なる。

「今日のテーマは食べ物にしましょう！」

ランさんはいつも記録係に徹（てっ）している。ドングさんたちから参加するように言われて、会話に加わることも多い。

それにしても食べ物についてかぁ……。今まで食してきたものについて日常的に話すこともあるけれど、びっくりすることが多い。私が食べたことのないようなものも、皆（みんな）食べていたりして――暮らしが違えば食べているものも違うのだとびっくりしたのだ。

「フィトちゃんは、ここで過ごしていて、何か食べるものが違うなとか思ったことはある？」

フィトちゃんは、今までそういう意見を口にすることがなかった。だからこそこういう機会に私はフィトちゃんへ話を振（ふ）っている。私やガイアスには心を許しているように見えるけれど、フィトちゃんは人との交流が苦手なのか、他の人に問われると細かいところまで話してくれないのだ。

それにフィトちゃんは周りの民族たちから声をかけられないと、自分のことを口にしない。だからこそ、こうしてランさんが交流する場を作ってくれるのはとてもいいことだと思っている。

「こんな味があるのだと驚いたぐらいね」

「私もフィト様と同じです。食べたことのない味つけの食べ物が多くて驚きました。それにここにいるのは獣人が多いからか、もの凄い量のお肉を食べていてそれにもびっくりしました」

私は獣人たちと長く過ごしているからお肉を食べることが習慣になっている。とはいえ、ガイアスたちのようにたくさんは食べられないけれど。考えてみれば、民族の人たちもミッガ王国からやってきたサッダさんたちも私ほどお肉を食べていない気がする。

生まれ育った村で過ごしていた時には、お肉をあんまり食べさせてもらえなかったから、その反動なのかもしれないとも思った。

もちろん、私は山菜などの料理も好きだ。でも疲れた時とかはお肉が食べたい！ってなるなと思う。そのことをフィトちゃんに話したら、「私は疲れた時は果物を食べたくなるわ」と言われた。

こうして話していて、フィトちゃんと距離を縮められた気がして嬉しかった。

フィトちゃんとしばらく話して、エルフのウェタニさんのところへ向かう。ウェタニさんは子どもが産まれたばかりなので、椅子に座って参加している。

産まれたばかりの赤ちゃんと一緒に参加しているのは、これだけ多くの種族がここに集まっている様子を自分の子どもに見せたいからだって言っていた。

「ウェタニさんは、今までで一番おいしいと思ったものって何かある？」

「そうね……。昔に食べたラッシオという果物かしら。あの果物は前に住んでいた村から少し進んだところにあって、特別な日に取ってくることが許されていたわ。精霊様はラッシオの見た目を気に入っていて、おいしかったの」

そのラッシオという果物は、両手で抱えられるぐらいの大きさの黄色い実で、みずみずしくて甘いらしい。

ただ実をもぎ取ろうとすると、棘などの洗礼を受ける。しかし何かを捧げる——例えば魔力や山菜——ことで実を取らせてくれるという不思議な植物らしい。

話を聞くと、その植物に意思があるように思えるが、そういう習性なだけで明確な意思はないのだとウェタニさんは教えてくれた。

「見てみたいな」

「残念ながら私たちが知っていたラッシオの実が生っていた場所は、あの植物の魔物によって無残な姿にされてしまったから……ラッシオを見るにはまた一から探さなければならないわね」

「そうなんだ……。じゃあ、今度探しに行こうよ」

「ええ。そうね。一緒に探しに行きましょう。この子が大きくなる頃に一緒に食べられたらいいわ」

ウェタニさんは優しい顔をして腕に抱いている赤ん坊を見る。一緒にそのラッシオという果物を食べて、笑い合う日々を思い浮かべて楽しみになった。

次にビラーさんたちに話しかけた。

「俺たちも特別な日には、神の住処よりも少し下のところに生える珍しい山菜を食べるんだ。食べると活力が増すものだしな」

「へぇ……。私たちもその山菜を食べてもいい？」

「少量ならば構わない」

「じゃあ楽しみにしてる」

ビラーさんたちは特別な日に食べる山菜というのがあるらしい。

こうして少し話を聞くだけでも、今まで知らなかったことが知れて楽しかった。

――これからももっと互いを知って、距離を縮めていきたいなと私は目の前の光景にそう思った。

あとがき

こんにちは。池中織奈です。この度は、『双子の姉が神子として引き取られて、私は捨てられたけど多分私が神子である。5』を手に取っていただきありがとうございます。

一～四巻と同様にWEBで投稿していたものを、加筆修正しております。WEB版から応援してくださっている方が楽しめるように精一杯改稿をさせていただきました。

五巻ではミッガ王国からやってきた人々との関係性や、翼を持つ者たちの神様との出会いに焦点が当てられております。外との繋がりというか、二巻でレルンダたちを追う存在であったミッガ王国の人々が、今度は話し合える人として目の前にやってくる。敵であったはずの人も、味方に変わることがあるというレルンダにとって、色んなことを考えさせられる出来事だったと思います。

個人的に私はドラゴンが大好きなので、翼を持つ者たちの神様であるドウロェアンを出せてとても楽しかったです。強大な力を持つ存在はそれだけで神と呼ばれるものになりえると思います。そしてドウロェアンとの出会いで、レルンダがどの神様に愛されている神子かもようやく発覚します。ビラーさんたちとも今回、距離を縮めることが出来ました。

幕間では父親の言うことを聞くだけであったヒックドが反乱を成功させています。ヒックドはレルンダと邂逅し、ニーナエフに叱咤され、人生が変わった王子であるとも言えます。変わることを決意して、実際に反乱を成功させたヒックドのキャラクターもお気に入りです。

レルンダが色んな出会いや出来事を経験して成長しているように、幕間で動いているキャラクターも含めて皆変化し、成長しております。キャラクターたちの変化と成長を一緒に楽しんでもらえたら嬉しいです。

この本を手に取ってくださった読者様が少しでも何かを感じて、心を動かされていれば私は幸せです。

また本作はコミカライズが連載中です。書籍版ではイラストになっていなかったシーンが素敵な漫画になっております。そちらもよろしくお願いします。

最後に、こうして形になるまで支えてくださった全ての皆様に感謝の言葉を述べたいと思います。ＷＥＢ版を読んでくださっている読者様方、いつも本当にありがとうございます。本作を形にするにあたりお世話になった担当様、登場人物たちにイラストという形で姿を与えてくださったカット様、出版に至るまで協力してくださった皆様に感謝の気持ちしかありません。

この本をご購入くださった皆様にも、感謝の気持ちしかありません。これからも皆様の心に響くような物語を綴れるように頑張りたいと思います。

池中織奈

!
ドキ
ドキ

双子の姉が神子として引き取られて、私は捨てられたけど多分私が神子である。5

2021年3月23日　初版発行

著者／池中織奈
イラスト／カット

発 行 者／青柳昌行
発　　行／株式会社KADOKAWA
〒102-8177 東京都千代田区富士見2-13-3
0570-002-301（ナビダイヤル）
デザイン／百足屋ユウコ＋石田 隆（ムシカゴグラフィクス）
印刷・製本／大日本印刷株式会社

●お問い合わせ
https://www.kadokawa.co.jp/（「お問い合わせ」へお進みください）
※内容によっては、お答えできない場合があります。
※サポートは日本国内のみとさせていただきます。
※Japanese text only

定価はカバーに表示してあります。

ISBN978-4-04-736525-4　C0093